文春文庫

天の刻（とき）

小池真理子

天の刻／目次

天の刻（とき）

月を見に行く

赤いビニールレザーの長椅子が、何列にもわたってびっしりと並んでいる。診察を終えた患者たちは、じりじりした様子で食い入るように会計カウンターを見つめている。

十二時五十五分。とっくに午前の外来診療は終わったというのに、会計カウンターは混雑をきわめていた。係の若い女は二人。左側の女はてきぱきと処理していたが、右側の女はやる気がなさそうで、何をするのももたつき気味である。事務局の若い男が傍を通りかかると、わざわざ顔をあげ、にこやかに小首を傾げてみせたりする。そのたびに、ビニールレザーの上の患者たちが、一斉にその女を睨みつける。

三輪子の斜め前に座っていた六十代も半ばとおぼしき女三人が、だらだらと間断なく喋り続けている。三人とも似たような藍染の巾着袋を膝に載せ、似たような色合いの地味なカーディガンを着ている。並んで一列に座っていると、老年にさしかかった三つ子のように見える。

「こないだね、角のお豆腐屋に行ったらね、珍しくご主人がいなくてね、奥さんだけだったのよ」

「奥さん、ってみっちゃんでしょ。あの人のお兄さんとあたしの主人の兄、同級だったの。知ってた？」

「へえ、知らなかった。ともかくその奥さんがね、あたしに聞くの。奥さん、四十代？まさか五十代じゃないわよねえ、って」

「へえ。四十代に見えたんだ」

「そうなの。あたし、よくそう言われるの」

「へえ、そう。そういうもんかしらねえ」

「五十代に見えることはあるかもしれないけど、四十代っていうのはちょっとねえ」

「体重だって、全然変わってないのよ。白髪もあんまり出ないし。パーマ屋さんに行くと、ほめられるんだから。髪の毛にコシがあるって。若い人みたいだって。だからパーマなんかかける必要ないですよ、って」

「へえ。そのせいかしらねえ。それにしてもねえ」

「ねえ、あたしもそう思うわ。いくらなんでもねえ。四十代なんてねえ」

会計カウンターの中の左側の女が、手もとのマイクを口に近づけ、一度にたくさんの患者の名を読みあげた。三人の女は「あ、あたしたちよ」と口々に言い合い、巾着袋を手に立ち上がった。

女たちが小走りにカウンターに向かって行くと、すぐ隣で、くすくす笑いが聞こえた。三輪子は笑い声の主を振り返った。若い男がちらりと三輪子を見つめ、「ずうずうしいババアだよな」と言った。「どう見たって六十代なのに」

青年が顎をしゃくって、会計カウンターのほうを指し示した。青年の言っている意味はすぐにわかった。豆腐屋のみっちゃんに四十代かと聞かれたという女の顔が、正面からよく見えた。今年四十四歳になる自分と、その女とが同世代だとはとても思えない。三輪子は唇の端を持ち上げ、肩をすくめて短く笑い返した。

「何の病気？」ややあって青年が聞いてきた。

まるで十年も前から知っている親戚の子に、屈託なく話しかけられているような感じがした。

三輪子は「ちょっと」と言い、薄く笑いながら目をそらした。

「ふうん。ちょっと、か。言いたくないような病気なんだな、きっと。いぼ痔とかさ」

三輪子は応えなかった。青年は長椅子に大きく股を拡げて浅く座りながら、ドラムを叩く練習でもするように、両手の人さし指で太腿をリズミカルに叩き始めた。口の奥で何かメロディーを口ずさんでいる。何の音楽なのか、わからない。三輪子にはメトロノームが刻むリズム音のようにしか聞こえない。

黒のコットンパンツに黒の長袖ジャケット、中に丸首の白いTシャツを着て、黒革のショートブーツをはいている。さっきからずっと、この男と同じ長椅子に座って会計を待っていた。時々、ちらちらと不遠慮な視線を投げられていたような気もする。

痩せてすらりとした体型である。柔らかそうな髪の毛を襟足に届くまで長く伸ばしている。少しえらが張っている。肌はつややかできれいだが、顎の線に沿って、小さなニキビ跡が幾つか並んでいるのが見える。

青年はリズムをとることに飽きると、うんざりしたように両手を拡げて伸びをし、長椅子にもたれかかった。

「俺、整形外科」と彼は前を向いたまま、だらけた口調で言った。「事故でさ。後遺症が残ってんだ。むちうちってやつ。やっとこないだ、首のギプスがとれてさ。それでもたまに通わなきゃなんないんだってさ。冗談じゃねえよな。なんだよ、この混み方は。おまけにサービスがなってない。コーヒーでも出せってんだよな。ミニスカのデカパイのお姉ちゃんにコーヒーとマックのダブルバーガーでも運ばせろ、ってんだよ。まったく、もたもたしやがって。金が欲しいなら、さっさと会計くらい、やりゃあいいのに。会計待ってる間に、ジジババがころっとあの世行きになったら、どうすんだよ。なあ」

青年は人さし指の先を鼻に突っ込み、鼻糞をほじると、だらしのない大きなあくびをした。整然と並んだ、歯科学標本のような美しい奥歯が見えた。

ロビー内の患者数はいっこうに減らない。会計カウンターの右側の女は、相変わらずもたもたしている。そんなにもたついていたら、昼食を食べそこねるだろうに、と三輪子は思う。

「なんで、喋んないんだよ」若者は前かがみになり、コットンパンツの裾についていた糸くずを払いながら聞いた。「あんた、こんな辛気臭いとこに長い間座ってて、よく平気だね」

「元気なのね」三輪子は低い声で言った。「よく喋って。病院に来る必要なんかないみたい」

前かがみになった姿勢のまま、若者はつと三輪子を見上げた。いくらかはにかんだような、少年じみた表情が、その目に宿った。「なんであんたに話しかけてるのか、教えてやろうか。あんたがちょっといい女だからだよ」

三輪子は露骨に彼を無視した。

信州の地方都市。人口五万人弱の、大した観光資源にも恵まれない小さな町の総合病院で、くたびれた赤いビニールレザーの椅子に座りながら、自分は今、息子ほど年の離れた若い男にお愛想を言われている……そう思うと、沈みこむような疲れを覚えた。

「あんた、年は幾つ？」

「私の年なんか聞いてどうするの」

「どうもしないよ。知りたいから聞いてるんだ」

「聞いたら驚くような年よ。聞かないほうがいいわ」

「あててみようか。三十一。いや三十かな」

こういう手合いは、八十の老婆に向かって平然と、二十歳に見えるなどと、人を小馬鹿にしたようなお世辞を言いかねない。三輪子は薄笑いを返しただけで何も言わなかった。

「俺は二十二。蠍座。もうすぐ誕生日で二十三になるけど。蠍座ってカッコいいんだぜ。革命と死と再生の星なんだ。あんた、何座?」

会計カウンターの中の右側の女が、マイクを手に「水沢さん」と三輪子の姓を呼んだ。

「偶然ね」と三輪子は言いながら、そっけなく立ち上がった。「私も蠍座よ。じゃ、お先に失礼」

会計カウンターに行き、支払いを済ませてから玄関に向かった。自動ドアを出ると、秋の光に包まれた。路面に反射し、目の中に飛びこんでくる光が、束の間、三輪子の視界をオレンジ色に染めあげた。

二ケ月ほど前、子宮からの不正出血をみた。すぐに止まったが、それから時々、富岡との交わりの後や排卵期などに、同じ症状が出るようになった。

癌かもしれない、医者に診てもらったほうがいいんじゃないか、と富岡は三輪子の顔を覗きこむようにして言った。

心配そうな口ぶりがうっとうしかった。子宮に癌ができたら、この男は私をお払い箱にするだろう、と三輪子は思う。

大きな図体と野太い声、精力的な仕事ぶりに似合わず、富岡は昔から並はずれて神経質で潔癖性だった。三輪子を抱く前と後には、必ず念入りにシャワーを浴びるし、三輪子にも同じことを強要する。富岡が来る日にベッドのシーツが取り替えられていないと、ひどく機嫌が悪くなる。外出先では決して公衆便所は使わない。便意を我慢して、仕事先からあたふたと三輪子の部屋に立ち寄り、トイレを使ってからまた出て行ったことも何度かある。

かつて三輪子がひどい膀胱炎にかかった時は、完治してからもしばらくの間、富岡は三輪子の性器に触れようとしなかった。たかが膀胱炎でそのありさまである。子宮に癌ができているとわかったら、富岡がどう反応するか、容易に想像がついた。

抱けなくなった女は、富岡のような男にとって無用の長物である。無用の長物は処分するに限る。その論理は三輪子にもわかりやすい。仕方のないことだと納得できるし、そうされたからといって、富岡を恨む気になれないのが不思議でもあった。

それでも、自分の身体から得体の知れない出血があるというのは気持ちのいいことではなかった。婦人科の診察を受け、子宮癌の検査をしてもらったのが二週間前。検査結果を聞くために、今朝は早くから病院にやって来て、妊婦たちに混じって婦人科の待合室に並んだ。

表情のない、いかつい顔をした中年の医師からは、異常なし、と告げられた。癌はおろか、筋腫もなかった。卵巣も今のところ正常に機能していた。年齢から考えるに、不正出血は一時的なホルモンの異常によるものだろう、ということだった。

ほっとすると同時に、がっかりもした。これでまた、同じ暮らしが始まる、と三輪子は思った。

富岡は今週末、やって来るなり、三輪子の検査結果を聞き、問題がなかったことを知ると、いつものようにシャワーを浴びに行くだろう。浴び終えた後で三輪子の身体に手を伸ばしてくるだろう。キスに始まって、左右の乳房と乳首とを均等にもみしだく。次にうなじや肩、腹部に唇を這わせる。その順番をひとつも変えることなく、決められた手順通りに指を動かしながら、富岡は三輪子の中に入ってくるだろう。そして三輪子の身体を突き続ける時の喘ぎ声、最後の一瞬に至るまで、何ひとつ変わらない行為を終えると、何ひとつ変わらない表情で身体を離し、腰にタオルを巻きつけて、再びシャワーを浴びに行くのだろう。

富岡の囲い者になって丸四年。資産家の富岡は東京で事業を始めて大成功をおさめ、三輪子の住む町にも大きな支店を出した。その準備のために、富岡が頻繁に町を訪れていた際、親戚が経営する小料理屋を手伝っていた三輪子はひと目で見そめられた。

悪いようにはしない、きみに惚れた、きみを放したくない、などと熱心に口説かれて、町はずれの高台に建つ新築マンションの一室をあてがわれた。仕事を辞めるように言われ、言われた通りにすると、月々の充分な手当てが三輪子の銀行口座に振り込まれてくるようになった。

何がよくてそうなったのか、いくら考えても三輪子には思い出せない。富岡が気にいったわけでもなく、富岡の財力をあてにしていたわけでもなかった。まして富岡の肌が自分に合う、と思ったせいでももちろんない。どちらかというと、富岡との房事は飽き飽きするほど退屈だった。

父親はとうの昔に亡くなり、母親は若い頃から患っていたリウマチがひどくなった。いよいよ動けなくなったので、隣町の施設のある病院に入院させた。

姉は三輪子よりもはるかに美人で、昔から男出入りが絶えなかった。東京に出て、水商売の世界に入り、男たちの間を渡り歩いていいように遊ばれた末、姉は山手線の電車に飛び込んだ。

三輪子が東京でのOL生活を切り上げて、故郷であるこの町に戻ったのは姉の自殺がきっかけだった。以来、何の楽しいこともないまま、時間ばかりが流れていった。

親戚が始めた小料理屋で働きながら、時折、客に誘われてドライブに行ったり、食事をごちそうになったり、さして趣味がいいとはいえないブランドもののスカーフやアクセサリーを贈られ、その代わり、ちょっとだけいいだろう、などと耳打ちされて、街道沿いの安モーテルに寄ったり、そんなふうにしながら年を重ねてきた。

店ではミワちゃん、ミワちゃん、と人気者だったから、三輪子は重宝がられ、給料もはずんでもらえた。生活の不自由はなかったが、かといって、気分が華やぐようなこともなかった。

このまんま年をとり、ミワちゃんも昔はきれいだったけど、年をとったね、と客にからかわれ、大きなお世話よ、自分だってハゲてきたじゃないのよ、などと切り返して座を賑わせつつ、さらにさらに年をとって、老年という未知の領域に入りこんでいくのか、と思うと、なんだか何もかもがどうでもいいような気がした。

だから、どんな男からでも、誘われれば、うん、と言う。断るのは面倒くさい。断って、身を守ったところで、何のために守っているのか、自分でもよくわからなくなってくる。それならいっそ身を任せてしまったほうが楽ではないか、と考える。

富岡と知り合ったのも、そんな時だった。だから、三輪子は、うん、と言った。相手が富岡ではなく、馬やオランウータンだったとしても、月々の手当てを振り込んでくれるのなら、同じように、うん、と言っていたかもしれない。

東京の茗荷谷にある富岡の自宅には、富岡と同い年の五十三歳になる妻と二人の娘が暮らしている。芝生を敷きつめた広大な庭で、二匹の大きなゴールデン・レトリバー犬と富岡、それに妻子が一緒に写っている写真を三輪子は一度だけ、見せてもらったことがある。

嫉妬は何も生まれなかった。その写真に写っている富岡の顔が、猿に似ている、と思っただけだった。


「あんた、歩くの速いなあ」

背後で声がした。はずんだ息の中で、さっきの青年が早足で三輪子目がけてやって来るのが見えた。青年は瞬く間に三輪子に追いつき、三輪子と並び、呆れる三輪子を尻目に、何事もなかったかのように歩調を合わせて歩き始めた。

「何か用？」

「用なんか、なぁんにもないよ」

「じゃあどうして私の後をつけてくるの」

「あんたともっと喋ってたいから」

「私はあなたと喋ることなんか、何もないわ」

「あんたが冷たく病院を出てっちゃうからさ。俺慌てて、会計しないで出て来ちゃったよ。カウンターにいた馬鹿女が、あとで気づいて、ガーガー、文句言ってくんだろうな」

「さっさと戻って、ちゃんと会計してらっしゃいよ。怒られるわよ」

「ツケにしてもらうよ。なあ、俺、車で来てるんだ。ドライブしないか。腹減ったろう？　こんな薄汚いしけた町なんか出て行ってさ、どこか景色のいいとこで一緒に昼飯食べようよ」

三輪子はつと足を止め、青年を見上げた。青年も立ち止まった。青年の背は高く、見上げている自分がひどく小さく感じられた。

「こんなおばさんつかまえて、ナンパしてるつもりなの？　それともからかってるわけ？　あとで仲間うちの冗談話に使って、人のこと、コケにしようとしてるんでしょ」

「あんたはおばさんには見えないよ。全然見えない。ほんとだよ」

「それはどうも」三輪子はそう言い、再び歩き始めた。

病院前のバス停は通り過ぎてしまった。狭い県道をひっきりなしに車が行き交っている。排気ガスの臭いがする。ちまちまとした小さな商店が軒を連ねている。どこもかしこもさびれていて、もう何年も客足が遠のいているように見える。

青年は歩きながら口笛を吹き始めた。何の曲なのかわからない。両手の親指を細いコットンパンツの前ポケットに突っ込み、肩をいからせている。風が吹くと、青年の髪の毛がさらさらと音をたてて揺れる。女の子がつけるオーデコロンのような甘い香りが漂ってくる。

「俺、この町に住んでんだ。怪しいもんじゃないよ。あんたは？」

「人のこと聞く前に自分のこと言ったら？」

「わかったよ。あんた、おっかないなあ。そんなに目をつり上げて人を見るなよ。そういうあんた、きれいだけどさ」

「くだらないお世辞は聞きたくないわ」

おお、こわ、と青年はふざけて言い、後ろ頭をがりがりと掻いた。「俺、この町で生まれてさ、高校出てから東京に行って、また戻ったんだ。親はまだここに住んでるよ」

青年が口にした住所には聞き覚えがあった。町はずれの一角で、昔から農業と林業、両方に携わっている家が多かった。最近では若い連中が都市部に出て行ったきり帰らず、老人ばかりの過疎化した地域になってしまっている。

「家出同然で東京に出たんだけどさ。俺、ミュージシャン志望だったんだ。ギターはちょっとしたもんだったし、ドラムも叩けるから、バンド組んで売り出したいと思ってさ、仲間とほうぼうコネを探して歩いたんだよ。その間、ラーメン屋でバイトしたり、レストランの皿洗いしたりで、飯も満足に食えないような生活してたんだけどさ。夢があったからさ。冷飯に塩ぶっかけただけの食事でも、どうってことはないよな。これでもちょっとはうまくいきかかったこともあったんだよ。演歌歌手のバックバンドを務める話があって、こうなったら演歌でも軍歌でもなんでもやってやらぁ、って気になってさ、ちっこいステージにも何回か立ったんだぜ。でもさ、運が悪いよな。そいつ、徹底して売れない歌手でやんの。事務所がついてて、必死こいて宣伝すんだけど、笑っちゃうくらい売れないんだ。あんた、知ってる？」

男の歌手だった。聞いたこともない名前だった。三輪子は、知らない、と首を横に振った。

「だろう？　だぁれも知らねぇよな、あんなやつ。いいやつだったけどね。とぼしいギャラん中から、俺たちに飯を奢ってくれたりしてね。でも才能がなかったんだ。才能がないから人気が出ない。人気を出す方法ってのを知らねぇんだよ。三十三だったかな。デビューするにはだいたい遅すぎたんだよ。ともかくかわいそうなやつだった。世の中、才能と知恵がないと、生きてけないってのによ。おかげでまた、こっちは食いっぱぐれた」

「それでこの町に帰ってきたわけ？」

「意地でも帰りたくなかったけどさ、仕方ないよな。事故って、むちうちになっちゃったし」

「向こうで？」

「ああ」

「どうせバイクでしょ」

「違うよ。車」

「車乗りまわせるだけの余裕があったなんて、すごいじゃない」

「車なんか、誰だって乗りまわせるさ」

「盗難車？」

「あんた、俺のこと、犯罪者扱いしてるね」

三輪子は肩をゆすって笑った。可笑（おか）しかった。「それにしても、命が助かってよかったじゃないの」

「どうだかね。そんなことはどうでもいいよ。あんた、今、一番何がしたい？　俺、なんでもつきあうよ」

「今したいこと？」三輪子は空を仰ぎ、少し考えてから言った。「ごはん食べたいわ」

「だから言ったろ。腹減ってるんじゃないか、って。いいよ、食おう。食いに行こう。どこがいい？　何が食いたい？」

「ハンバーグ定食とか、ポークカツ定食とか、そういうの、私、好きなの」

「俺もだよ。気が合うなあ。じゃあ、ファミレスにするか。で、食ったらどうする？　ドライブ行こうぜ。蓼科あたりまで」

三輪子は肩をすくめた。「蓼科なんかに行ってどうするの」

「どうもしないよ。別に俺、あんたに襲いかかろうとしてるわけじゃないんだから。あんたがやりたいこと、なんでもつきあうよ。そういう意味で言ってるんだよ」

「なんでもつきあう？　ほんとに？」

「ほんとさ」

「じゃあ……一緒に死んでくれる？」

束の間の沈黙があった。三輪子は足を止め、青年を見上げ、口に手をあてて笑った。

青年はじっと三輪子を見ていた。

「嘘よ、嘘。冗談よ」

「いいよ、死んでも。俺、つきあうから」

「馬鹿ね。ただの冗談だって言ってるでしょ」

「死にたいんだったら、いつだって……」

「あなたみたいな若い人が、年増女のくだらない冗談をまともに受け取るもんじゃないわ」

あのさ、と青年は気を取り直すように言った。「月を見に行こうか」

「月？」

「ああ。今夜は月見なんだぜ。なんだっけ。中秋の名月、とかって言うじゃんか。今日は晴れてるから、山ん中行けば、もっときれいに見えるよ。俺、あんたと一緒に月が見たくなった」

「ごはん食べに行って、月を見に行って……それから山の中で一緒に死ぬ？」

「そうしよう」

青年が妙に生真面目な顔つきで言ったので、三輪子は再び笑い声をあげた。

「そんなに真面目に受け取らないでよ。見かけによらず真面目なのね。車はどこ？ まさか歩いて山の中に行くわけじゃないんでしょう？」

「今とってくる。ここで待ってろよな」

青年ははずんだ息の中、そう言うなり、病院の駐車場に向かって全速力で走り出した。

青年の車は濃紺のＲＶ車だった。サンルーフがついている比較的新しいデザインのものだったが、手入れが悪いのか、車体のあちこちに瑕がつき、そこに錆が浮いている。後部座席には読み捨てた漫画雑誌や清涼飲料水の空き缶、スナック菓子の空き袋、煙草の吸い殻、汚れたタオル、丸めたティッシュペーパーなどが散乱しており、シートの上もどこもかしこも埃でざらついているように感じられた。

青年はハードロックのＣＤを大音量で流しながら、大声で喋り続けた。どこのファミリーレストランのハンバーグ定食が一番美味いか、どこのコーヒーが一番まともか、といった、他愛のない話だった。

「ところであんた、結婚してるんだろ？」

「独身よ」

「へえ。離婚したの？」

「結婚したことなんかないわ」

「なんで」

「そんなこと聞かれてもわかんないわよ」

「独身主義？」

「別に」

「レズだったりして」

「馬鹿ね」

「わかった。誰かの愛人なんだ」

三輪子は笑ってごまかした。その種の推理はあてずっぽうにせよ、時に怖いほどあたってしまうことがある。だが、あたっているからといって、肯定する必要もなかった。三輪子は今、青年の前で、名前のない、職業もない、過去も未来もない、ただ未知のままの、通りすがりの女でありたかった。

「何か仕事してんの」

「今は何も」

「今は、ってことは前は何かしてたんだ。何してたのさ」

「いろいろよ」

「隠さなくたっていいじゃんか」

「隠すようなことは何もないわ。東京でＯＬをしてたこともあったけど、その後はずっと小料理屋で働いてたの」

「東京の小料理屋？」

「ううん。こっちの」

「へえ。あんた、こっちの人なんだ」

「そうよ。生まれも育ちもここよ」

「なんていう小料理屋？」

三輪子が店の名を言うと、青年は首を傾げ、知らねえな、と言った。

「で、そこで何してたんだよ。料理、作ってたのか」

「違うわ。作るわけじゃなくて、手伝うだけ。私はただのお運びさん。お客さん相手に馬鹿な話を聞いてやってただけ」

「あんた、モテたろうな、客に」

「別にモテないわよ」

「店では何か面白いこと、あった？」

「なんにも」

「だろうな。しけた町だもんな。面白いことなんか、あるわけねぇよな。で、今はなんにもしてなくて、何してんだよ」

「なんにもしてないんだから、なんにもしてないの。当たり前でしょ」

「なんにもしないでぼーっとしてるわけ？」

「そう」

「毎日？」

「毎日」

「退屈じゃねぇのか。俺だったら気ぃ狂うな、きっと」

「とっくに気ぃ狂ってるから、気にならないわよ、そんなこと」

あははは、と青年は声高らかに笑った。三輪子も笑った。

病院の駐車場から車で十五分ほど走ったあたりに、郊外型の書店とドラッグストア、ファミリーレストランが集まっている一角が現れた。青年はその駐車場に車を停めると、三輪子を伴ってレストランに入った。

昼食時をはずれていたせいか、広々とした店内に、客は少なかった。十月のまろやかな秋の光が、安手のレースのカーテンがかかった窓越しに溢れていて、店内はぽかぽかと眠くなるような温かさに満ちていた。

注文したハンバーグ定食が運ばれてくると、青年はがつがつと食べ始めた。見事な食べっぷりだった。ハンバーグの大きな塊を口に運び、次いで、皿の上のご飯をごっそりと掬い、殆ど同時に味噌汁をすする。

食べながら彼は、自分がバックバンドを務めていた演歌歌手の話をした。その歌手はワンルームのマンションに住んでいたのだが、時々、バンドマンたちのために部屋の鍵を貸してくれることもあったという。

「鍵？　何のために」

「連れ込みホテル代わりさ。新宿あたりをラリってうろついてる女の子をホテルに連れ込んだりすると金がかかるだろ。だから、部屋を貸してくれるんだ、ただで。そいつの部屋は新大久保にあったからね。歩いても行けた」

「あなたたちに対するサービスのつもりだったのかしら」

「自分が売れないもんだから、気をつかってんだろ、きっと」

「だとしたら、悲しくなっちゃうくらい、いい人ね」

「だから言ったろ？　いいやつだったって」

「で、あなたもありがたくその鍵を預かったわけ？」

「俺？　俺はそんなことしなかったよ」

「あらそう。意外ね。真っ先にしそうに見えるけど」

三輪子がからかい口調で言うと、青年はコップの水を飲み、ふうっと息をついてから、手の甲で唇を拭った。「俺、つきあってた子がいたから」

「恋人？」

「婚約者。といっても、口約束しただけだけど」

「へえ、そう。だから他の子は誘わなかったんだ」

「他の子になんか、目がいくわけないよ。その子だけで充分だったんだから」

「夢中だったのね」

「まあね」

「えらいわ」

「何がだよ」

「ううん、何となく。そういうのって、えらいと思う」

「別にえらくなんかないよ」

「愛してたのね」

うん、と青年はうなずいた。子供のようなうなずき方だった。

束の間の沈黙が流れた。あたりの空気がかすかにこわばったように感じられた。

ふと見ると、青年は両手をテーブルの上に載せ、ナイフとフォークを握りしめたまま、じっと皿の中の白い飯粒を睨みつけていた。石膏で急激に固められてしまったかのように、青年は動かなくなった。

三輪子は息をのんで青年を見つめた。青年の手がわなわなと震え始めた。フォークが皿にあたって、カチカチと鳴った。

うつむいたままの彼の両目から、その時、大粒の涙がぽたりとこぼれた。こぼれた涙は、ハンバーグを載せた鉄板の上ににじみ、ケチャップまじりのソースと一緒に溶けていった。

三輪子は黙っていた。店の従業員が、遠くから不思議そうに青年を見ていた。青年はナイフとフォークを皿の上に戻し、片手で額を被った。手の腹で乱暴に涙をこそげ取るようにし、鼻をすすり、天井を見上げた。両目が兎のように赤くなっていた。

あはっ、と彼は短く笑った。「ごめんな。みっともねえな、俺」

青年はテーブルの上にあった紙ナフキンで鼻をかんだ。手ぐしで髪の毛をかきあげ、また鼻をかみ、丸めた紙ナフキンをテーブルの片隅に放り投げ、再び、あはっ、と笑った。

「死んじゃってさ、彼女」彼は言ってから、笑みを浮かべた。「もう会えない」

どうして、と聞こうとした途端、みるみるうちに彼の目は再び潤み始めた。鼻翼がひくひく動き、唇が小刻みに震えた。

自動ドアが開き、学生ふうのグループががやがやと賑やかに店内に入って来た。従業員が一斉に、いらっしゃいませ、と言った。

青年は姿勢を正し、深呼吸した。唇を強く前歯で嚙みながら、彼は黙って逃げるように席を立ち、うつむき加減に化粧室に入って行った。

まもなく彼は、顔でも洗ったのか、小ざっぱりとした表情になって戻って来た。三輪子は何も聞かずに食事を続けた。

映画『タイタニック』の話が始まった。レオナルド・ディカプリオってやつ、どう思う、と青年は聞いた。

「今はいいけど、そのうちただのデブになりそうな子ね」

「俺もそう思う。なんであんなやつが女どもに人気があるんだろ」

「そういうことってよくあるわ」

「無人島に流れついて、そこにディカプリオと俺しかいなかったとしたら、あんた、どっちと寝る？」

間髪を入れずに、三輪子は「ディカプリオ」と答えた。

「そうかよ。俺より、あいつのほうがいいのかよ」

「ずうずうしい人ね。さっき病院にいたおばさんと変わらないわ」

二人は顔を見合わせるようにして笑い合った。

食後のコーヒーを飲み、席を立つ頃、すでに時刻は三時近くになっていた。

奢ってやるつもりで三輪子が財布を開くと、青年は三輪子を制してレジの前に立った。

「俺が払うよ。俺が誘ったんだから」

「いいのよ、無理しないで。お金、ないんでしょ」

「あるよ、このくらい」

怒ったようにそう言うと、青年は二人分のハンバーグ定食の料金を支払い、釣銭を受け取るなり、三輪子の肩を抱き寄せるようにして店を出た。

「あんた、結構、華奢なんだな」秋の光がきらめく中、かすかな冷たさをはらむ風に髪の毛を震わせながら、青年は三輪子の肩をするりと撫でた。「見た目よりずっと痩せてる」

「太れないのよ」

「苦労してんだ」

「生意気ね」

車の前に立ち、青年は三輪子から手を離したが、三輪子の肩にはいつまでも彼の手のぬくもりが残された。

目的地があるのかないのか、青年は手慣れたハンドルさばきで車を運転し続けた。

三輪子も知っている国道沿いの田舎町を走り抜け、幾つかのささやかな観光名所も通り過ぎ、古い民家が立ち並ぶ農道を駆け抜ける。目につくものすべてが興味の対象になるかのように、青年は饒舌に喋り続けた。

畑に群がる烏を見れば、東京で烏に襲われそうになった話が始まり、明治神宮に群がる鳥の話に変わっていって、そこからまた、連想ゲームのようにして、中学時代に神社の賽銭泥棒をした時の武勇伝が始まったりする。

看板に地酒の広告が出ていると、話題は酒の話に移っていく。俺ってさ、実は下戸なんだ、と彼は言う。杯一杯の梅酒でも気が遠くなって、ひっくり返るってのに、一度、バンド仲間の前で見栄はって、ビールがぶ飲みしてさ、救急車で病院に担ぎこまれて、死にかけたんだぜ……そう言って、自慢げにげらげら笑う。

車内に流れ続けている音楽の音量が大きいせいで、青年の声もまた大きい。大きいのだが、決して騒々しい感じがせず、それどころか、三輪子の耳に、青年の声も話も仕草も何もかもが、柔らかく心地よくなじんでいった。

小一時間ほど走ると、あたりの風景はすっかり牧歌的なものに様変わりした。山々が迫ってきている。早くも夕暮れの気配がしのび寄り、長く伸びた西日がススキの穂影を地面のあちこちに映し出している。紅葉には少し時期が早いものの、木々の梢は心なし色褪せて、風に踊る葉裏の色が変わりつつあるのが見てとれる。

民家の数はまたたく間に減っていき、行き交う車も少なくなった。いつのまにか、路面は未舗装になり、静かな道は一面、鬱金色の夕陽に染まっている。そんな中、青年の運転する車だけがもくもくと走り続ける。

車はやがて、小高い山の麓の林道に入った。まもなく視界が大きく開け、前方に広々とした草原が現れた。かなり標高が高くなったらしい。窓から入ってくる風は冷たかった。

青年は叢の中でゆるやかにハンドルを切ると、静かに車を停めた。

エンジンが切られると同時に、それまで賑やかに流れていたハードロックの音楽もぷつりと途切れた。途端に静寂が訪れた。ひゅうひゅうと唸る、寂しいような風の音だけが聞こえた。

このまま林道を上って行くと、途中に小さな料金所の小屋があり、百円の通行料を払えば、その先のパノラマラインという名の有料道路に出られるようになっている。舗装されてはいるが、パノラマラインとは名ばかりの、崖の下をくねくねと走っている狭苦しい道路である。ちょっと雨が降ると、崖くずれがし、危ない目にあったドライバーがあとを絶たない。だいたい、その料金所なんて、シーズン中にバイトの学生を雇うだけで、監視するやつもいないから、人がいた例がなく、いつだってただで行き来できるんだ……そんなことを青年は、煙草をくわえながら説明した。

「行ってみる？」

「どこに？　そのパノラマライン？」

「うん。月を見るんなら、もう少し上に上ってったほうがいいと思うし」

「行ってもいいわよ。でも、崖くずれ、しないかしら」

「へえ、怖いのかよ」

三輪子は風が髪の毛をさらい、自分の頬を撫で返してくるのを感じながら薄く笑う。

「怖くなんかないわ。聞いただけよ」

そうだよな、と青年も笑みを浮かべる。「死にたいと思ってるやつが、崖くずれなんか、怖がるわけないもんな」

「まだ言ってるの？　冗談よ、あれは」

「そうかな。あんまり、そうは聞こえなかったぜ」

「あなたをからかっただけよ。しつこかったから」

まあいいさ、と青年は言い、ジッポーのライターで煙草に火をつけた。

「吸う？」

三輪子はうなずき、一本もらった。青年が近づいて来て、火をつけてくれた。風をよけようとした三輪子の手が、束の間、青年の手と触れ合った。二人は目と目を見交わした。三輪子は微笑みかけ、ありがとう、と言って身体を離した。

風が強くなった。カラマツの匂い、枯れた草の匂い、乾いた樹液の匂いをはらんだ風が、耳元をひゅうひゅうと唸りながら通り過ぎていく。吐き出す煙草の煙が、すぐさま風の中に消え去ってしまう。

冗談？　そうだったろうか、と三輪子は思う。自分は本当に死にたいと思っていたのではないか。これまで夢想していたのは、生きていくことではなく、死ぬことだけだったのではないか。さっきのさっきまで……この青年に出会うまで、そのことに気づかなかっただけなのではないか。

富岡の顔を思い出した。四年にわたって囲われてきたというのに、富岡に関して知っていることは何もないような気がする。知っているのは、自分の肌の上を這いずりまわる富岡の手だけだ。

理想も夢もない代わりに、三輪子にはとりたてて不満も不幸もなかった。くすんだ色褪せた大きなビニール袋の中にとじこもって、ただ一人、ぼんやりと外界を眺めている……そんな感覚が、長い間、ずっと三輪子を支配している。

怒りもなければ、悲しみもない。喜びもなければ、感動もない。何もない、ということがむしろ支えであり、そんなのっぺらぼうの自分を別に恥ずかしいとも思っていないから、気楽と言えば気楽である。

いつだって死ねる、と三輪子は思う。死は恐ろしくはなかった。決して甘美ではないが、少なくとも死は三輪子にとって残酷なものでもなかった。姉が死んだ時だって、心の底で、お姉ちゃん、よくやった、と思わないでもなかったのだ。

あんな暮らし、続けていくのは到底、無理というものだった。男にさんざん遊ばれて、それでも男なしにはいられずに、姉は言い寄ってくる男に嬉々として身体を開いた。姉はただの抱き人形に過ぎなかった。

そのせいで何度も何度も数えきれないほど堕胎手術を受けた。子供なんかいらない、と姉は口癖のように言っていた。子供がいたら、男が逃げていくから、というのがその理由だった。そのくせ姉は、子供が大好きだった。電車で隣合わせになった人が赤ん坊を抱いていると、必ず話しかけ、その柔らかな頰に指を触れて、幸福そうに目を細めた。

何が間違っていたのか、途中で気がつけばよかったものの、姉は最後まで目を覚ますことがなかった。そして、何故これほど苦しいのか、自分でもよくわからないまま、姉はふらふらと駒込駅のホームから線路に飛び込んだのだった。

ちょうどこんな秋の日だった。乾いた枯れ葉の匂いがたちこめる、よく晴れた日の午後、自宅に姉の遺体が戻ってきた。

リウマチの母は、曲がって固まってしまった指を目にあてて、ちいちゃん、ちいちゃん、と泣きくずれた。姉の名は千代子だった。母は昔から、三輪子よりも千代子のほうを溺愛していた。だから、飼っていたセキセイインコもチイコと名付けた。母がちいちゃん、と柩に向かって呼びかけるたびに、鳥籠の中のチイコもチイチイとうるさく鳴いた。

ばらばらだった姉の遺体は、うまく接ぎ合わされていた。丁寧に化粧がほどこされた顔は相変わらず美しかった。眠っているようにも見えた。男もセックスも婦人科の手術台も、もう何もかもどうでもよくなった、と言わんばかりの安穏とした無邪気な寝顔だった。

あれが死だ、と三輪子は思う。死は人から、およそ考えられるあらゆるものを奪っていくが、代わりに安らぎを残してくれる。なにもない無限の無。そして、そこに漂う権利……。

吸っていた煙草が短くなった。三輪子は吸殻を地面に捨て、靴の爪先でもみ消した。夕陽の鬱金色が濃くなった。あたりの草木はそのせいで色濃い影を作り、何もかもがくっきりと縁取られているように見える。

少し離れたところで、青年が小石を遠くに投げている。ジャケットの裾が風にはためき、その下の白いTシャツが見える。細いがよくしなるウエスト部分の筋肉が、小石を投げるたびにわずかに盛り上がるのがわかる。

青年は三輪子を振り返って微笑んだ。笑うと目が小さくなって、白い歯が目立つ。鼻が少しあぐらをかいていて、愛嬌がある。

「寒くない？」青年は聞いた。

三輪子は、ううん、と首を横に振った。

「トイレ行きたければ、そのへんでしたらいいよ。誰もいないし」

「別に行きたくないわ」

「あんた、野糞ってしたことある？」

「ないわよ、そんなもの」

「俺、一度だけあるよ。我慢できなくなってさ、ドライブの途中で、原っぱの真ん中に走ってって、穴掘ってした」

「穴？」

「考えてもみろよ。穴掘らないですると、てめえの糞が盛り上がって、ケツにくっつくじゃねえか」

三輪子は笑った。「なるほどね」

「トイレットペーパーがなかったから、そのへんの葉っぱで拭いたんだけどさ。けっこう、気分よかったよ。一度やってみろよ」

「機会があればね」

青年は両手を高く掲げ、天に向かって大きく伸びをした。シャツがせり上がり、扁平な腹が、さらに扁平になるのが見えた。

「さっき、ここに来る途中で、マクドナルド、あったよな」

「どうかしら。覚えてないけど」

「あったよ。田舎にしちゃ、けっこうまともな店構えだったよ。ちょっと戻ってさ、ダブルバーガーでも買って、またここに来ようか」

「食べることばっかり考えてるのね。さっき食べたばっかりじゃない」

「違うよ。それをもって、月を見に行くんだよ。月見団子じゃなくて、月見ダブルバーガー」

三輪子は目を瞬き、「いい考えね」と言った。

だろう？　と青年は言い、はにかんだようにもう一度三輪子に向かって微笑みかけると、車に向かった。

青年が言った通り、林道を逆に戻って、二十分ほど町に向かって走った街道沿いに、マクドナルドの店があった。開店まもないらしく、祝いの花に囲まれた店は、地元の若者や子供の手をひいた母親で賑わっていた。

今度は私が、と三輪子が言って、財布を手にカウンターの前に立つと、青年は「いいんだってば」と三輪子の腕を引いた。「今日は俺が誘ってんだから。全部俺がもつよ」

「カッコつけないでよ。お金ないくせに」

「馬鹿にすんな」

押し問答を繰り返したが、結局、青年は三輪子を退け、ダブルバーガーとフライドポテト、コーラを二つずつ注文した。釣銭を受け取りながら、ざまあみろ、俺が払ってやった、と言わんばかりに歯を剝き出しながら三輪子を見下ろしたので、三輪子は思わず吹き出した。

今日の自分はよく笑う、と三輪子は思う。しかも心から笑っている。大して可笑しくもないことなのに、いちいち可笑しくて仕方がない。不思議である。

出来上がったハンバーガーの包みを抱え、二人はまた車に乗って、元来た道を戻った。すでに陽は翳り、あれほど燦然と輝いていた鬱金色の世界は遠のいて、山の端はラベンダー色に染まり始めていた。

「こういう時間帯ってさ、俺、苦手なんだよな」

「こういう、って、どういう？」

「たそがれ時っていうの？　なんかこう、寂しいじゃねえか。空がどんどん暗くなってって、人がいなくなって、世界中に自分だけ取り残されてるみたいな気になって……」

「寂しがり屋なのね」

「あんたはそんな気になることないのかよ」

「昔はあったけど、でももう慣れたわ。私、一人でいることに慣れちゃったのよ。人間、慣れれば、どんなことだって平気になるものよ」

「そういう言い方、ちょっとババくせえけどな」

三輪子は運転席を睨みつけた。「ババアなんだもの。仕方ないじゃない」

「言ったろ。あんた、ババアなんかじゃないよ。あんた、きれいだよ。きれいなだけじゃなくて、最高に気分がいい女だよ」

「お世辞だけはうまいのね」

「お世辞じゃないよ。ほんとだよ。俺、なんか、今日、気分いいよ。あんたと一緒にこうやって車走らせて、なんかすっげえ、めちゃ楽しいよ」

私も、と言おうとして、三輪子はその言葉をのみこんだ。それはあまりにも本心から迸り出てくるような言葉で、口にするのが気恥ずかしい気がしたからだった。

さっき車を降りて一服した草原を通り越し、林道をさらに奥に進んだ。進んでいくうちにヘッドライトをつけなければ運転できないほど、あたりが暗くなってきた。

三輪子はフロントガラス越しに空を見上げた。暮れなずむ空にちかちかと瞬く星が見えたが、木々の梢がドーム状に道を塞いでいたせいか、月はまだ見えなかった。

青年が言っていた通り、小さな料金所が見えてきた。板切れを組んで作っただけの、粗末な掘っ立て小屋のような料金所だった。

どこかの古びた踏切から持ってきたような、縞模様の入ったゲート棒が降りていたが、聞いていたとおり料金所に人はいなかった。

青年は料金所の手前でいったん車を停めると、降りて行ってゲート棒を片手でひょいと上げ、道を作った。通行料金表示に、普通車百円、とあり、無人の場合は、この箱に料金をお入れください、と書かれた金属製の箱が料金所の窓の外に置かれてあった。

運転席に戻った青年は、料金を入れずにそのまま車を発進させた。

「あの箱、絶対盗めないようになってるんだぜ。鍵つきのぶっとい鎖がついてて、その鎖を電動カッターか何かで断ち切らないと、動かせないんだ」

「どうしてそんなこと知ってるのよ」

「高校ん時、先輩のバイクに乗せてもらってここに来て、一緒に盗もうとしたことがあったから」

「神社のお賽銭も盗んだんでしょ。いったい何回、そういうことしてきたの」

「数えきれねえなあ。俺、ワルだ、ワルだったんだ」

「自分で自分のこと、ワルだ、っていう人に限って、そうでもないのよ。あなた、まともよ。私から見ると、とっても繊細でまとも」

ふん、と青年は不満げに大きく鼻を鳴らした。「さっき、俺が泣いたのを見たからだろ。だからそんなこと言うんだろ」

「そうじゃないわ」

「人に言うなよ」

「何を」

「俺が泣いた、ってこと」

三輪子は肩を揺すって笑った。「誰にも言わない。約束する」

青年はやおら身体を前に傾け、勢いよくフロントガラスを指さした。「見ろよ、月だ。月が見える。まんまるだ」

三輪子の目にその時、木立のシルエットの向こうを、車のスピードに合わせて滑るように動き続ける、巨大な丸い月が映った。

生まれてこのかた、月など、数えきれないほど見ている。三輪子の子宮の満ち欠けと同じように、月もまた、自然に満ち欠けを繰り返し、いちいち意識したこともない。それでも三輪子は、天空にほっこりと浮かぶ、完全な円を描いた月を見て、自分の胸の中を鮮烈な感動が駆け抜けていくのを覚えた。

「待ってろよ。もう少し先に行ったら、もっとよく見えるところがあるはずだからさ。ちょっと空き地みたいになっててさ。そこだと、もっとはっきり見えるよ」

青年はRV車のアクセルを踏んだ。車はスピードを上げながら、月明かりに照らし出された道路を器用に登って行く。左側が崖になっていて、ガードレールがついているものの、道は狭く、対向車が来たらどちらかが一旦停車しなければならないほどである。切り立った崖の向こうに、果てしなく幾重にも連なる山々の稜線が黒く見えてきた。

山々の麓には、街の灯が点々と連なっている。暖炉の中の燃えくすぶったおき火を連想させる、まばらで弱々しげな光である。

青年が言った通り、しばらく走ると、カーブがいくらかゆるくなり、道も広くなってきた。左側に大きくせり出した非常駐車帯が見えてきた。そこだけ未舗装で、一面、秋の草で被われていたが、車を四、五台ゆったり停めることができるスペースになっている。

青年はそこに車を入れ、ハンドブレーキを引き、ヘッドライトを消した。イグニションキイを回してエンジンを切ると、あたりは闇に包まれた。

「わぉ」と青年はハンドルにしがみつくようにして、はしゃいだ声をあげた。「俺たちだけの月だ。すげえ」

フロントガラスの正面に、その時、満月があった。群青色の空を皓々と照らし出す、白く美しい月だった。

三輪子は言葉を忘れた。月は今、青年の言う通り、自分たちだけのものだった。手を伸ばせば届くほど近くに、月はおっとりと浮かび、きらきらと瞬く大きな星をひとつ従えて、静かに光っているのだった。

「月って、こんなに明るいもんだったんだなあ」青年が感心したように言った。「なんだか昼みたいだ」

「夢で時々、こういう明るさ、見ることない？　なんだかぼんやり昼みたいに明るいんだけど、でもそれは昼じゃなくて、夜なの。そういうところに自分が立ってる夢」

「どうかな。あったような気もするけどよく覚えてねえな」

「満月の晩に、狼男が出るっていうのもわかるな。こういう大きな丸い月見てると、なんだか、吠えたくなってくるもの」

「あんた、狼女？」

「そうかもよ」

「吠えてもいいぜ。つきあうから」

「何でもつきあってくれるのね」

ああ、と青年はうなずき、ちらと三輪子のほうを見た。「死にたいんだったら、俺、つきあうよ」

「またその話？」三輪子は頰をふくらませた。「いい加減にしなさい」

「冗談だよ」青年は言い、再び前を向いた。「いいな、こういう月」

「いいわね」

「なんかこう、泣きたくなる感じがするよな」

「泣き虫ね。男のくせに」

「うるせえな」青年はふざけた調子で言うと、ジャケットのポケットから煙草のパッケージを取り出し、一本を三輪子に渡した。

二人はシートにゆったりと背をもたせかけ、煙草を吸いながら、黙ったまじっと月を眺めていた。

「あのさ」青年は煙草を車内の灰皿でもみ消した後で、ぽつりと言った。「さっきの話なんだけど」

「え？」

「死んだ彼女の話。……彼女を死なせたの、俺なんだ」

三輪子は口を閉ざし、青年を見た。青年は腕組みをし、じっと前を向いていた。

「レンタカー借りてさ、一緒にドライブ行ったんだ。箱根に。楽しかったよ。サチヨは……ああ、その子、サチヨって名前なんだけど、サチヨが途中で腹減った、って言うから、俺、ドライブインに寄ってさ、いなり寿司買ってやったんだ。道が混んでてさ、彼女、どこか静かなところに車を停めて、一緒に食べよう、なんて言ってたんだけど、なかなか前に進まなくてさ。俺もそのうち腹が減ってきて、渋滞の列の最後について停まってた時、寿司の包みほどいて、食い始めちゃったんだ。サチヨは、そんな俺を見て、だらしないんだから、って文句言ってさ。文句言ってる彼女もまた可愛くてさ、俺、ふざけて、いなり寿司のでっかいやつを、彼女の口ん中に押しこんでやったんだ。ふざけてだよ。ほんとだよ。わざとやったんじゃないよ。そしたら……」

そこまで言って、青年は声を震わせた。先の言葉はうまく聞き取れなかった。三輪子はそっと身体を傾けた。

「そしたら……その時、運悪く後ろから走って来た、埼玉ナンバーのくそガキの運転する車に、追突されたんだ。俺の車が停車してたのに気づかないで、びゅんびゅん走って来やがったんだよ。ちょうど渋滞の最後についてた俺の車が、カーブの陰に停まってたもんだから、見えなかったんだよ。すげえ衝撃があってさ。がくん、って首が前にもってかれた。でも意識ははっきりしてたよ。くそ、なんてこった、ぶん殴ってやる、なんて思って、俺、外に飛び出したんだ。首の後ろと頭が痛くてよ、吐きそうになるくらいだったけど、そんなこと、かまってられるか、って感じだった。くそガキの野郎、ぶん殴ってやらなきゃ、気がすまなかったんだよ。それで、外に出て、そのくそガキを引きずり出そうとしてさ、運転席のドアを蹴り飛ばしてた時、急にサチヨのことを思い出したんだ。いやな予感ってやつだよ。車から降りて来て、俺にたてつこうとしたくそガキを放り出して、俺、すぐ車に戻った。そしたら……サチヨは助手席で動かなくなってた。白目むいて」

「どうして。どうしてなの。ショックで？」

「違うよ。窒息したんだよ」青年は唇をわなわなと震わせた。「俺が口ん中に目いっぱい突っ込んだいなり寿司のせいで」

三輪子はつと、青年の腕に触れた。静かに撫でてやった。青年は身体を固くしたまま、じっとしていた。

「おまけにもっとひどいことに」彼は続けた。「窒息してる、ってことに、俺、気づかなかったんだ。追突されたせいで、首の骨でも折ったんじゃないか、って思って。すぐ気づいてその場で口ん中、指突っ込んで吐かせてたら、助かってたかもしれないのに」

鼻をすする気配があった。三輪子は青年の腕を撫で続けた。

青年は三輪子のほうを向き、顔を歪ませた。「なんでこんな話、してんだろうな。誰にもするつもり、なかったんだけど」

「あなたのむちうち症って、その時の？」

「そうだよ」

「サチヨさんが亡くなったから、東京を引き払ってきたのね」

「ああ」

「わかるわ、その気持ち」三輪子は囁くように言った。「でも、あなたのせいじゃない。自分のせいだと思わないで。そういうことって、誰のせいでもないの。自分を責めちゃだめ」

いきなり車内に衣ずれの音が響きわたった。青年が三輪子を両腕で抱きしめてきた。抱きしめられているのか、自分が抱きしめてやっているのか、わからなかった。青年の背は震えていた。

しーっ、と三輪子は、青年の耳元でなだめ続けた。大きな大きな、自分よりも遥かに大きな赤ん坊を抱いているような気分だった。

その赤ん坊が、ひくひくと喉を鳴らしながら、三輪子の胸をまさぐり始めた。着ていた黒のセーターの裾がめくり上げられると同時にブラジャーが外された。三輪子の左の乳房が、青年の掌にすっぽりとおさまった。青年の手は熱く湿っていた。

ああ、と青年は喘いだような吐息をついた。絶望と慟哭と波のように襲いかかる性的興奮とがいっしょくたになり、どんな反応をすればいいのか、青年は自分でもわかりかねている様子だった。

「ごめんな」青年はくぐもった声で言った。「あんたにこんなこと……ごめんな」

三輪子は黙ったまま、青年の背を撫で続けた。

三輪子の目の前に月があった。完全な円を描いた、完璧に美しい月だった。

三輪子の乳房は、大きな手に包まれている。その手が不器用にまさぐるように乳首をつまみ、転がしている。体温が伝わってくる。恋人に死なれ、絶望と虚無の中にあってなお、熱く、活き活きと躍動するような体温である。

何故ともなくその時、三輪子は、生きよう、と思った。生きたい、と思った。

蠟燭（ろうそく）亭

二月初旬の、風の強い寒い晩だった。

蠟燭亭の、あまり建てつけのよくない引き戸が珍しくするすると開いて、立原が入って来た。若い女が一緒だった。女の首に巻かれた白く細いロングマフラーが、一瞬、外からの風を受けて、蛇のようにのたうつのが見えた。

カウンター席だけの小さな店である。野菜の小煮物とか、ごま豆腐の木の芽和えとか、茄子のみそ田楽とか、簡単な家庭料理を大鉢に入れて並べ、客の好みで盛り合わせて酒の肴にしてもらう。

店内に蠟燭が置いてあるわけでもなく、客は一様に屋号の由来に興味をもつのだが、蠟燭という言葉の響きが好きなの、と女将の和代にそっけなく言われてしまえばそれまでである。

蠟燭はないものの、店はどこもかしこも停電の時の茶の間のように仄暗く、カウンターだけをぼんやり照らし出す黄色いダウンライトの淀んだような明かりが、蠟燭の炎を連想させなくもない。どうした加減か、客の吸う煙草の煙がライトの光に弾けて影を作り、あたかも揺れる炎のように、明かりが時折ゆらめいて見えるのも、この店ならではの風景である。

大半が古くからのなじみ客で、一見の客は少なく、混み合うことはめったにない。店内に音楽を流していないせいか、薄暗がりの中で飲む酒は、そこが東京巣鴨の目抜き通りに近い、賑やかな場所であることも忘れさせる。

「いらっしゃい。冷えますねえ」

先に立原に向かって声をかけたのは和代だった。和代は十六年前、三十そこそこで蠟燭亭をオープンした。昔から変わらぬおかっぱ頭には白髪がまじってはいるが、未だにジーンズにトレーナーという、小娘のようないでたちで通している。

立原は和代に会釈を返し、若い女を手伝うようにしてコートを脱がせると、自分の脱いだ黒のダッフルコートと一緒に手早くまとめてコート掛けのフックに掛けた。

由岐子は落ちつかない気分を覚えながら、ちらちらと立原の連れの若い女を見ていた。

本業が詩人で、副業が進学塾の講師である立原が近隣のマンションに越してきたのはつい半年前。結婚生活に疲れて、長い間、妻子と別居していると言い、現在は一人暮らしだったが、その立原が女連れで蠟燭亭に来たのは初めてだった。

小太りの、どこか肉感的な感じのする娘である。はたちそこそこ、といったふうなので、五十になったという立原と並んでいると親子に見える。

パーマっけのない髪の毛を肩のあたりまで伸ばし、マフラーと同じ毛糸で編まれた白いヘアバンドで留めている。うりざね型の美しい顔に化粧の跡はなく、わずかに唇に紅の残骸のようなものが残っているだけである。

生まれてこのかた、一度も手入れをしたことがないように見える眉は、生命力の旺盛さを物語るようにぼうぼうと乱れ生え、田舎娘そのもの、といった印象だったが、澄んだ大きな目は生まれたての赤ん坊のように青みがかっていて、きれいである。

どこから見ても少女のような趣なのに、立ち居ふるまいがひどく鈍重で、そのせいか年齢に似つかわしくない色香が漂う。しかもその色香は、大人の女のそれではない。発情した雌猫のような、隠したり装ったりすることを必要としない、真っ直ぐで獰猛な感じのする色香である。

他に客はなく、立原はいつものようにL字型のカウンターの右端に席をとると、隣に娘を座らせた。

「田舎の親戚の子なんです」聞かれもしないのに、立原はそう言って由岐子を見た。「ちょっと事情があって、しばらく東京に滞在させることになって。綾乃というんですが……綾乃、ごあいさつは？」

こんにちは、と言いかけ、綾乃という娘は「こんばんは」と言い直した。

由岐子は愛想よくそれに応じ、先生にはいつもお世話になってます、と言い添えた。

「立原先生の田舎、っておっしゃると、確か新潟でしたね」

「そうです。親戚といっても遠い親戚なんですが。あ、僕はいつものビール。それと彼女にはお茶をください。あと、適当に料理を盛り合わせてもらおうかな」

お茶なんかいや、と綾乃が立原に向かって身をよじらせながら小声で言った。「お酒、飲みたい」

「やめときなさい。約束しただろう？」

「つまんない、つまんない。寒いんだからあったかいお酒、飲みたかったのに」

「だめだよ。あと一週間くらいは」

「なんで？　なんでなの？」

「だめなの。そう言ったろう？　さあ、何を食べよう。好きなもの、どんどん頼んでいいんだよ。このお店の料理はおいしいよ。僕も大ファンなんだ。一日も欠かしたくない」

どこか意味ありげな視線が由岐子の顔を走り過ぎ、由岐子は照れて耳のあたりに血が疼くのを感じながら、ありがとうございます、と口の中で言う。

「あたし、おばあちゃんの作る卵焼きがいいな。甘いの。あれ、食べたい」

ははは、と立原はおしぼりで両手を拭きながら、情けない顔をして由岐子と和代に笑いかけた。「ここにはおばあちゃんはいないんだ。新潟じゃないんだよ。ここは東京なんだからね」

「ディズニーランドも東京だもん。おじちゃんと一緒にディズニーランド、行くのよ。約束したでしょ。ね？」

「ああ、そうしよう」

「いつ？」

「いつにしようか。今度の日曜かな」

「おばあちゃんも来る？」

「来ないよ。おばあちゃんは新潟にいる」

「じゃあ、おじちゃんと二人っきりだから、ホテル行こうね。ツレコミホテル」

こら、と立原は慌てたように綾乃を叱ると、ひどく困惑したように天井を仰いだ。大皿に料理を盛り合わせていた和代がくすくす笑った。立原の、とまどったような視線が由岐子を求めてさまようのがわかった。

由岐子はカウンターの中でそれを受け止め、事情はよくわかりました、気になさらないように、という意味で、小さくうなずいてみせた。

綾乃の舌たらずのしゃべり方は、演技ではない、明らかに知恵が遅れた人間のそれであった。饒舌なのだが、どこかぼんやりしていて、まわりがはっきり認識できていない。自分が世界の中心にいるのだが、世界というものが何なのか、理解していないせいで、綾乃の口にする突拍子もない言葉は、罪のない独白、子供の寝言のようにも聞こえた。

とはいえ、連れの女がどんな人間であろうが、由岐子にはいっこうにかまわなかった。立原の若い恋人ではない、ということだけが重要だった。立原は何か深いわけがあって、この子の面倒をみるよう誰かに頼まれているに違いなかった。由岐子はほっとし、ほっとすると同時に自分の中に生じた愚かな不安感を嘲笑(あざわら)った。

里芋の煮ころがしを頬ばると、綾乃は突然、おとなしくなり、食べることに専念し始めた。立原は見るともなく綾乃を見守りながら、一人でビールを飲んでいる。外ではいっそう風が強くなり、すりガラスのはまった店の引き戸が、がたがたと小刻みに揺れている。

立原と風はよく似合う、と由岐子は思う。『風葬』というタイトルの詩集が、立原の代表作である。唯一の、と立原は謙遜するが、詩人としてだけでは食べていけないところを見ると、その通りなのかもしれない。

蠟燭亭に通うようになった彼は、まもなく由岐子あてにサインをした詩集を贈ってくれた。

小説を読む習慣がなく、まして詩など生まれてこのかた、まともに読んだことがない。

知っている詩人といえば、高村光太郎ぐらいで、それも中学の時の国語の教科書に載っていたから覚えているに過ぎなかったのだが、立原が書いた詩ならば、と由岐子は、詩集を贈られた晩、むさぼるように読みふけった。

抽象的だが美しい詩だった。立原の詩を何も理解できなくても、それがわかればいいのではないか、と由岐子は思った。

初めて店に来た時から、妙に惹かれる男だった。背が高く、ほっそりしているのだが、骨が太いのか逞しく見える。憂い顔とでもいうのか、常に何かを考え、凡人の目に触れないものを見つめ、自分と対話し続けているような、疲れたような表情が好もしい。騒々しい男、自意識過剰な男にはほとほとうんざりしていたせいなのか。それとも由岐子自身、死を思わせるような無音の世界に生きていたいと願っていたせいなのか。立原の漂わせる静けさは、まもなく由岐子の殻を破り、由岐子の内部に柔らかくしみわたったのだった。

二時間ほどたってから、立原は由岐子に「御勘定を」と言った。

綾乃は満腹したのか、眠そうな顔をしながらも、立原だけを見つめている。

「ちょっとこの子を送って寝かせて来ます。まだ時間も早いし、飲み足りないので、また後で来ますが……いいですか」

由岐子は顔が必要以上に輝かないよう注意しながら、「もちろん」と控えめに言い、微笑んだ。「お待ちしてます」

コートをはおり、出て行こうとした立原と綾乃と入れ違うようにして、三人連れの男の客が入って来た。冷えるねえ、と口々に和代に向かって話しかけながらコートを脱ぐ男たちの背後で、立原がつと、かばうようにして綾乃の腰に手をまわし、引き戸の外の風の渦巻く闇の中に消えて行くのを、由岐子は見た。

毎朝、新聞を開くと、すぐ死亡欄に目を走らせるのが由岐子の癖だった。死因が何で、幾つで死んだのか、どんな経歴の持主だったのか、喪主は誰なのか、見も知らぬ人なのに確かめずにはいられない。

そんなことを知ったところで、何の意味もないのはわかっていた。未知の人の死亡記事を読んで格別な感情がわくはずもない。死因と寿命についてのデータを編み出そうとしているなら別だが、そんなものに興味を惹かれて眺めているのでもなかった。ただ単に、ああそうか、と思うだけで、読んだはしから忘れてしまう。

消えていくこと、無に帰すことに対する漠とした憧れが由岐子の中に根づいたのはいつからだったか。

死ぬことは怖いのだが、死の世界はいとおしい。死の世界に旅立てば、面白いほど一切のかたがつき、もてあましていた感情の波もおさまって、身も心も穏やかな湖面のごとく静まり返る。何の心配もいらなくなる。そんな思いにかられ出したのは、離婚した直後だったような気もする。

由岐子の夫は十数年前、勤め先の同僚が急死して葬儀を手伝って以来、未亡人と親しくなった。未亡人に子供はなく、ただでさえ心もとない時期に何くれとなく世話を焼いてくれる男を受け入れるのは、時間の問題だったらしい。亡くなった同僚の一周忌が過ぎる頃から、夫は家に帰らなくなり、そうこうするうちに由岐子は、日頃から馬鹿正直だった夫の告白を聞かされる羽目になった。

愛してしまった、どうしようもない、別れてほしい……夫はそう言った。

うすうすわかっていたことでもあった。黙ったまま、答えに窮していると、夫はいきなり泣きだした。

何故、泣くのかわからなかった。自分で外に女を作り、別れてくれ、と言いだして、妻の前でさめざめと泣いてしまうような男との間に、自分は子をなし、家庭を守り、いやなことがあってもにこにこ微笑みながら生きてきた。そう考えると、一切が滑稽なほど間違っていたことのように思えた。

別れ話の結論が出ないまま、時が流れた。それから一と月ほどたった日曜の夕方、五つになったばかりの娘のみちるを連れて買物に出た際、偶然、駅前の踏切の手前で、くだんの未亡人を連れた夫に出くわした。

これからうちに行こうと思ってたところだ、と夫は言った。言いわけがましいように聞こえたが、夫の目は真剣そのものだった。極度の緊張状態にあるのか、鼻の下に少年のような汗をかいているのが、とてつもなく由岐子の嫌悪感を誘った。

いろいろ、決めなくちゃいけないこともあるし、第一、きみにこの人を紹介しなければいけないと思ってね。

夫の傍に寄り添うようにして立っていた女は、由岐子と同年代に見えた。きれいな人なのだろう、と想像はしていたが、空想の中の女より、目の前に立つ女は遥かに若々しく、美しく、しかも輝いていた。

夕日の色が濃く、あたり一面、柿色に染まって見える秋の日だった。踏切を大勢の人々が行き交っていた。何台もの車が通りすぎた。人々のざわめき、地響きのような車のタイヤの音が伝わってきた。

こんなところで失礼いたします……と女は言い、落ちつきはらった年増女のような仕草で深々と頭を下げた。申し訳ありません。非常識なことをいたしました。でもこうしてご挨拶に伺わないことには、何も始まらないと自分を戒めまして、今日こうして……。

ねえ、ママ、と手をつないでいた娘のみちるが、大きく手を揺すって言った。ねえったら。

由岐子は声も出ない。娘のことなど忘れている。目の中が柿色に染まっている。目の前の夫の顔が、ただの黒いシルエットのようにしか見えない。

黙りこくったままの母親に業を煮やしたのか、大きく背伸びしながら、娘はその時、内証話でもするかのように、それでも居合わせた人間、全員に聞こえる大きな声で、幾分照れくさそうにこう言ったのだった。

「この人、ママよりきれい」

ふいに踏切の警報機が鳴り出した。けたたましい、耳を塞ぎたくなるほどの金属音だった。由岐子は黙って娘を見下ろした。小鬼が一匹、立っているようにしか見えなかった。

数日後、由岐子は離婚に同意し、娘の親権を夫に譲った。娘のことを思って、くだんの未亡人ともきれいさっぱり別れることを考えたというほど娘思いの夫は、みちるの親権が与えられたと知って狂喜した。

いいのか、と何度か念を押され、そのつど、いいのよ、と由岐子は答えた。娘を愛していく自信はなかった。あんな時に、よりによって、あんなことを口走った娘だった。

たかだか五つになったばかりの子供だもの、見境なく正直に、残酷なことも口にするわよ、と実家の母からはたしなめられた。そうなのだろう、と由岐子も思った。どのみち、娘には何の責任もないことだった。

だが、そうだとしても、ひとたび耳にしてしまった一言は生涯、忘れられそうになかった。恐ろしいのは娘ではない、そんな自分だった。

高校時代からの友人和代は、そのころすでに蠟燭亭を切り盛りしていた。一度来てほしい、と以前から言われていたのに、離婚騒ぎで連絡も取れずにいたままだった。離婚が成立し、正式に娘を迎えに来た夫に、黙ってみちるを品物のように差し出し、娘に向かって、じゃあね、ママとはこれでさよならよ、と言って背を向けた日の晩、由岐子はいたたまれなくなって巣鴨の店を訪ねた。

どういうわけか昔から男に縁がなく、自ら男を欲しがるふうでもなく、いつも群れから離れてぽつんと煙草を吸いながら本を読んでいるようなところがあったが、和代は何ひとつ変わっていなかった。とりたてて由岐子を懐かしがるでもなく、もくもくと惣菜を盛り合わせては、酒の燗をつけ、客を放って隅のほうの丸椅子に座ったまま、本を読んでいる。

一通り客が片づくと、由岐子の傍に来て話相手になってくれたが、離婚の原因を由岐子が打ち明けても、さして驚く様子もなく、へえ、そう、と言ったきり、つまらない感想を述べるでもない。娘がね、夫の元に連れて行かれた時、あの子、泣いたのよ、ママ、って言って泣いたの……そう言って、こみあげるものを隠そうともしなかった由岐子に、和代は黙ってティッシュペーパーを渡し、人生、誰にだっていろいろあるわよ、気にしなさんな、と応じただけだった。

そのあっさりとした反応が嬉しかった。ありきたりの励ましはいらなかった。

以後、由岐子は毎晩のように蠟燭亭に通いつめるようになった。由岐ちゃんは少食だからただにしとく、と言われ、ついつい甘えて夕食代わりに和代手製の惣菜をつまんでいるうちに、店を手伝わないか、と和代に誘われた。

夫からはまとまった慰謝料の他に、今後適当な仕事が見つかるまで、毎月、生活費を受け取る約束になっていた。些少ながら、実家からの援助もあった。だが、周囲に甘えてばかりはいられなかった。

それまで住んでいた家を引き払い、蠟燭亭のある巣鴨の静かな一角に一ＬＤＫのマンションを借りて、由岐子はほどなく和代の店で働き始めた。

遅くとも午後四時には店に出て、下準備を手伝い、六時に店を開ける。着るものなんか、なんでもいいのよ、お願いだから、慣れない和服なんか着てこないでよ、と和代に言われていたので、かえって楽だった。ふだん着のような服装で店に出て、和代を手伝って働き、閉店の十一時をまわると、手早く片付けをし、歩いて五、六分の距離にあるマンションの部屋に帰る。

怒りもなく、哀しみもない。絶望もなければ虚無もない。感情が麻痺したような毎日が続いた。夜、一人でマンションに帰ってベッドにもぐりこみ、目を閉じると、決まってそこには砂の世界が現れた。

行けども行けども、何ものとも出会わない、ただ白く無限に連なるだけの砂の世界。時折、風が渦を巻いて、風紋のようなものを描くが、砂はひっそりと静まりかえったまま、由岐子の中に広がってとどまることがない。

死のような淀んだ静けさ。それは蠟燭亭に漂う静けさとどこか似ていた。自分にふさわしい居場所を見つけた、と由岐子は思い、以後、その淀んだ静けさの中にどっぷりと身を沈めて、時が流れ去るのを見送ってきた。

いつのまにか四十六という年齢になり、年を経るごとに時間が、それまで以上に速度を増して流れていくようになって、このままいけば、五十になり、六十になるのも間もないだろう、と由岐子は考える。蠟燭亭の、棺の底のような静けさの中から、本物の棺に移るのに大して時間はかからないような気もしてくる。

いつ死んでもいい、と思いながら、死んだような砂の世界を夢想する。そこにはいつも風が吹いている。さらさらと砂が舞い、その舞いあがる白い粒子の中に、立原が立っている。

立原と交わす会話は、棺の中の会話のごとく静かだった。由岐子の気持ちをかき乱すことはなく、かといって退屈なのでもない。時に理解できないような抽象的な言い回しをしてくることもあるが、由岐子が正直に、よくわかりません、と言うと、わかるように丁寧に説明してくれる。

　私には教養がないから、と由岐子が恥じらって目を伏せると、立原は真顔で、そんなものは必要ないんです、と言う。教養なんて、何ほどのことでもないし、実際、何の役にも立たないのですから、と。

　蠟燭亭に看板が下ろされると、山手線を使って日暮里まで帰る和代が「お先に。あとお願いね」と言いながら帰って行く。店を閉めた後、由岐子と立原はカウンターに隣同士に座りながら、一時二時まで飲むことがよくあった。

　思いがけず、自分は恋をしているのか、と思ってみたこともある。だが、恋とは少し違うような気もするし、第一、立原の自分に対する気持ちがよくわからない。ただの気の合う知り合い程度にしか思っていないのかもしれない、と感じることもあれば、明らかに一人の女として見られていると確信を持つこともある。いずれにしても、確かめるのは怖かったし、その気もなかった。

　老いらくの恋というには、あまりにも早すぎる。かといって若い頃味わったような烈しさに駆り立てられるようなこともない。一時も離れていたくない、とのめりこむこともなく、いつも立原を思ってぼんやりしている、ということもなかったが、それでも心の片隅には変わらずに立原が生きている。

　立原とは何もしなくてよかった。自分と立原とを結ぶささやかな絆が、蠟燭亭の淀んだ明かりの中に見いだせれば、それでよかった。
あなたが好きだ、という言葉もいらないし、恋文もいらない。電話もいらない。ただ何日かに一度、ふらりと店に現れた立原が、和代が帰って行ってからも腰をあげようとせず、由岐子さん、もうちょっとつきあってくれませんか、と言ってくれる、その瞬間があるだけでいいのだった。

綾乃を送って行く、と言って出て行った立原はどうした加減か、なかなか戻って来なかった。

やきもきしている由岐子の気持ちを察したのか、和代はにんまり笑い、「頭の弱いお嬢の世話に手を焼いてるのよ、きっと」と言った。「もうじき来るわよ、心配しないでも」

「別に心配なんかしてないわ」

「嘘ばっかり。無理しなさんな。気が狂いそうに気になってるくせに」

「何のこと?」

「あの頭の弱い女の子のことよ。色っぽい子じゃないの」

「そう? そんなふうには見えなかったけど」

「ああいう子はね、頭が弱いせいで、余計に色っぽく見えるのよ。さすがの先生も、ついクラクラしちゃって、それで今夜はもう、来ないんじゃないか、って思ってるんでしょ。ね？ 図星でしょ」

「ああ、やめてちょうだい、和代ったら」

呆れ顔で和代をたしなめながらも、和代の言うことは当たらずとも遠からずだ、と由岐子は思う。

一人暮らしの男のマンションで、若く豊満な肉体をもつ娘が寝起きを共にすることになったら、男が無反応でいられるはずもない。それは何も、単なる嫉妬まじりの妄想ではなく、おそらくは人類普遍の事実なのだ。

立原がその晩、店に戻って来たのは看板直前の、十一時少し前になってからだった。いちだんと風が強くなったのか、立原の白いものが混じった頭の毛は乱れていた。かなり疲れている様子で、少し窪みがちな目に隈ができている。唇は乾いており、心なし、顔色も悪かった。

着ていたダッフルコートを脱ぐと、立原は黙ってカウンターに向かい、熱燗を注文した。和代は酒の燗を由岐子に任せ、気をきかせてか、あるいは一刻も早く帰って、風呂につかりたいとでも思っているのか、さっさと身支度をするなり、帰って行った。

「立原さんの身体から、風の匂いがします」

立原の隣のスツールに腰をおろし、由岐子がそう言うと、立原は唇の端に笑みを浮かべながら由岐子を見た。「由岐子さん、詩人ですね」

「からかわないでください。立原さんとお喋りするようになってから、少し表現に敏感になっただけです」

立原はするりとかわすようにして目を伏せたが、再びその視線は由岐子に戻された。一秒の何分の一かの短い間、二人の視線が交わって、由岐子は慌てて自分から目をそらせた。

風の音がしていた。看板を下ろした店は静まりかえり、蠟燭のように淡い、儚い光がカウンターを充たしていた。

「さっきは失礼しました。事情を説明していなかったので、さぞかしびっくりされたでしょう」

綾乃のことだとすぐにわかったが、由岐子は気づかなかったふりをした。「何がですか」

「今日連れてきたあの子のことです。幼稚園に通ってたころ、原因不明の熱が続いて、それ以来、脳のほうの発育が人よりも大幅に遅れてしまった」

由岐子はうなずいた。「でも、きれいなお嬢さん。お雛様みたいにつやつやして。高校生くらいに見えましたけど」

「高校生だなんて、とんでもない。もう二十五なんです。あの通り、身体のほうだけは一人前だから、田舎の男たちが面白がって放っておかなくて、困ったものです。実はあの子、妊娠してたんですよ。つい四日前に堕ろさせたばっかりで……」

由岐子が驚いて立原を見ると、立原は、ははっ、と短く乾いた笑い声をあげた。「誰の子なのか、わかるわけもありません。神社の境内とか、田んぼの真ん中の古い用具置き場とか、田舎には人目につかないよう、いたずらできる場所はいくらでもありますから」

「犯された……んですか」

「少なくとも永遠の愛を誓い合って関係をもったんじゃないことだけは確かですよ。これで三度目なんです。二度目の時は、妊娠六ケ月で自転車に乗ってて転んで、流産したそうなんですが、流産したその時まで、両親はおろか、本人ですら、妊娠してることに気づかなかったらしい。相手を問いつめても、わからない、の一点ばりなんです」

「じゃあ、相手は行きずりの男の人？」

「どうでしょう。隠してるようには見えないし、単に忘れてしまうだけなんでしょう」

「そういうことって、あるんでしょうか」

「あの子なら、あり得るでしょう」

由岐子が、ほーっ、と軽く溜め息をつくと、立原は凝りをほぐすようにして上を向き、首をぐるりと回した。「あの子の父親は小さな町の町長をやってるんです。僕の父方の遠縁にあたるんですが、これ以上、地元の堕胎医の手を煩わせたら、どんなみっともない噂が飛び交うかわかったもんじゃない、次期町長選にも影響が出る、今度こそ、東京でなんとか始末させてきてほしい、って、そう頼まれてしまって……」

「それで手術を？」

「いやな役回りですが、昔から僕に懐いてた子でしてね。どうにも仕方がない。なんとか済ませました。中絶が二度目ということで、本人は慣れてるせいか、痛みがおさまるとけろっとしたもんです。モラルがないから、また同じことを繰り返す。身体を与えると男が喜んで優しくしてくれる、ということだけわかっていて、無理やり犯されながら、嬉しそうに笑ってるんです。ツレコミホテルというのが、何のためにあるのか、理解してもいません。そういう名前のホテルに行くと男が優しくしてくれる、と思いこんでる」

返す言葉に詰まった。由岐子は徳利を傾け、立原の杯に酒を充たした。由岐子さんも飲んでください、と言われ、由岐子がうなずくと、立原はカウンターの隅から杯を持って来て、酌をしてくれた。

「今、立原さんのところに？」

「そうです。そろそろ帰さなければならないんですが、本人がまだ東京にいたいと言い張るもので、ついつい……」

「親御さんは心配じゃないのかしら」

「せいせいしてるんですよ、きっと。このまま東京で、あの子が行方不明になってくれれば、と心のどこかで願ってるのかもしれない」

その親を自分は責められない、と由岐子は思う。自分も実の娘を夫に引き渡してしまったら、さぞかしせいせいするだろう、と信じていた時期があった。この人、ママよりきれい……たった一言、そう言われただけで。

みちるはどうしているだろう。もうそろそろ二十歳になる。母親に会いたいとは思わないのだろうか。本当のママよりきれいな新しいママが気にいって、本当のママのことなど忘れてしまったのか。だとしたら、田舎の両親のことなど忘れ、東京で親切な〝おじちゃん〟との暮らしを楽しんでいる綾乃と同じではないか。

「どうかしましたか」

由岐子は我に返り、慌てて首を横に振った。「別に何も」

「くだらない話をお聞かせしました。すみません」

「そんな……聞かせていただいて嬉しかったです。先生が女性連れでいらしたのは初めてでしたし、どういうご関係なのかな、って、ちょっと思ったりしたものですから」

言い過ぎた、と思って由岐子は口を閉ざしたが、立原は由岐子の言葉に含まれた意味に気づいた様子もなく、杯を手にしたまま、ぼんやりと宙を見ていた。

「無垢なんです」ややあって立原が呟いた。「あの子の無垢に触れると、鋭い刃先に触れた時みたいに、ぞくりとする。でも痛くはない。何かこう、懐かしい遠い世界に引き戻されて行くような、そんな切なさだけが残る」

はい、と由岐子は真剣な顔をしてうなずいた。「わかるような気がします」

「僕も、あの世界に戻らねばならない……そんなふうに思ったりもしてね。馬鹿げた感傷にすぎませんが」

「いえ、そんなことありません。よくわかります」

「変なんですよ。あの子と喋っていると、自分は死者としてこの子と接しているにすぎない、って、そんな気がしてならなくなって……」

「死者として？」

「ええ。僕にはあの子の生命力が眩しい。どこの馬の骨かわからない男に、嬉々として身体を広げて、終わった後で頭を撫でられて、何かおいしいものをごちそうになることだけを楽しみに生きている。捨て身の生命力です。生きる、ということはもともと、そういうことなんだ、多分。僕のようなひ弱な感性しかもてない愚かな人間は、ひっくりかえったって手に入れることなんかできそうにない」

「生きる、って残酷なことですから」

「そうだね。本当にその通りだ」

立原はちらと由岐子を見つめ、深くうなずいた。

会話が途切れた。由岐子は立原に酌をし、二人は静かに飲み続けた。

「かすかに風の音がしますね」沈黙の壁を静かに破るようにして、立原が言った。「ここに来るといつも風の音が聞こえる」

「建てつけが悪いもんですから。そのせいでしょう」

「そういう意味じゃない。この店はいつ来ても、外部から閉ざされてる感じがするんです。外では風が吹き荒れてて、にもかかわらずここだけが静かに淀んでる。無風なんです。ちょうど、嵐の晩に停電になって、外では風雨がごうごうと音をたてて吹き荒れてるのに、蠟燭の炎だけが小揺るぎもせずにまっすぐ立ちのぼってる時のような……」

ええ、と由岐子は前を向いたままうなずく。

立原の話はいつもどこかで、このように抽象的な表現に変わっていく。わかったようでわからない、そんな話をぼんやり聞いていると、由岐子は温かな砂に埋もれたまま、静かに目を閉じているような錯覚に陥る。

あなたは、と立原もまた、前を向いたまま聞く。「死にたくなることはないんですか」

飲みかけの杯をカウンターに戻し、由岐子はそっと背を丸め、微笑む。「おかしなことをお聞きになるんですね」

「おかしなこと、ですか？」

「おかしいです。五十歳にもなった男の方が、離婚歴のある四十六の女に、そんな質問、おかしいです」

「青くさい。そういう意味ですか」

「そうですね」

「そうかな。僕はそうは思わない」

由岐子は横にいる立原を見た。立原もまた、由岐子を見た。由岐子は慌てて視線をそらせた。

「死にたくなることなんて、しょっちゅうです」由岐子は早口にそう言った。「とっくの昔に、死んでるみたいな気もします。そういう人生でしたから」

風が蠟燭亭の引き戸を鳴らした。外の通りを行き交う酔漢たちの、かすかな叫声が風に乗って聞こえてきた。

死ぬ時は、と立原は言い、自分で徳利の中身を杯に注ぐと、あおるようにしてそれを飲み干した。「いつでも言ってください。僕がご一緒します」

冗談なのか、本気なのか、わからなかった。真意を計りかねて由岐子が立原のほうを向くと、立原の口もとはわずかに緩んでおり、「さて今夜はこれで」と背筋を伸ばしたその顔に、すでに先程の言葉の意味するものは失われていた。

その晩から時々、立原は蠟燭亭に綾乃を連れて現れるようになった。

立原が連れて行ってやったディズニーランドがことのほか楽しかったようで、新潟には金輪際、帰らない、と駄々をこねているらしい。朝起きると、立原のために目玉焼きを焼き、だしを取らずに味噌を水で薄めただけの味噌汁を作り、すっかり新妻気取りで近所のスーパーに買物にも行く。金銭感覚がないものだから、渡した金を使いきってしまうまで、何度も何度も品物をレジに運び、見かねて連れ帰れば、おじちゃんはあたしのことが嫌いなのね、と身をよじって泣き出す。

午後になって、立原が塾の講義に出かけている間は、おとなしく言われた通り、マンションの部屋に閉じこもっているが、少しでも帰りが遅いと、おびえたように泣きだし、そんな時は、魂の闇の中に迷い込んでしまうのか、放心状態が続くので始末に負えない。入浴や衣類の着替え、下着の洗濯などは任せておけるからいいが、それ以外、目を放せないことが多いので神経が疲れる……綾乃が蠟燭亭のトイレに立つたびに、立原は珍しく、由岐子に向かってそんな愚痴をこぼした。

中絶手術の経過は良好のようで、立原の許しを得、綾乃は蠟燭亭に来るたびに酒を飲むようになった。

飲むと言っても、さほど強いというわけでもなく、一合も飲まないうちに頰が赤くなり、目の縁がうるんでくる。

酒が入ると綾乃の媚態はますます烈しくなるような感じもした。抑えに抑えた媚態ではない。どこで学んだのか、あるいは、それは虫けらにも宿されている本能のようなものに過ぎないのか、綾乃は男に媚びる時の女の法則を身体で知っているらしく、あたかも肉体の疼きを相手に訴えるかのように、立原に向かって腰をくねらせ、胸を突き出し、時に喘ぎ声まで出してみせる。

立原はあくまでも無視し続けているようなのだが、時に肩にしなだれかかる綾乃の髪の毛に頬をくすぐられ、ふうっ、と息を吐くようにして、笑みをこぼす。その庇護者的な笑みが、由岐子には立原の性的な抑圧のようにも感じられ、そんな光景を目にした晩はなかなか寝つかれないありさまだった。

由岐ちゃんもうぶね、と和代は或る晩、由岐子に言った。珍しく客の来ない日で、立原も姿を見せず、十時半には看板にして、二人仲良くカウンターに向かい、夜食用の鮭茶漬けをすすっている時だった。

「私は願い下げ。由岐ちゃんには悪いけど、ああいう男、ごめんだわ」

「立原先生のこと?」

「他に誰がいるのよ。自分だけの夢の世界にしか生きてないものね、あの人は。現実ってもんがないのよ。芸術家タイプ? そうとも言えるんだろうけど、まあ、少なくとも私は芸術家なんて、お手合わせ願うだけの価値はないと思ってるからね。どんなハンサムでも遠慮するわ」

「どうしてなの？　夢の世界に生きてるって、いいことじゃないの」

「死ぬまで夢からさめないのよ。その分、まわりを巻き込んで、えらい迷惑。詩人に限らず、絵描きも、小説家も、音楽家もみんな同じ。私は詩も小説も絵も音楽もみんな好きだし、そういうものがないと生きていけない人間だけど、それを作る輩はどうも苦手でね。どっちみち、この世に夢なんかありゃしないんだし。そりゃあ、ないものをあるかのように見せてくれる連中は偉いわよ。才能には素直に頭を下げるけど、そういう人たちはやっぱりどこかおかしくて、自意識過剰でさ、現実にはつきあいきれない」

「和代と私とでは趣味が違うのよ。それだけよ」

「由岐ちゃんを非難してるわけじゃないのよ。ただ私の感想を言ってるだけ。誰が誰を好きになろうが、私には関係ない。聞き流して」

由岐子は小鉢に盛った小梅を齧り、奥歯でかみ砕いて飲みこむと、ひと思いに言った。

「立原先生は好きだけど……でも私にとっては遠い人なの」

「あら、どうしてよ」

「あの人は私を見てない。もっと違うものだけを見てる」

「大げさね。大したものを見てるわけじゃないのよ。私たちが見てるのと同じものを、気取った目で眺めてるだけのことよ。どうしてもっと積極的になれないの？　あんな若い娘なんか追い出して、由岐ちゃんがあの人のマンションに押しかけて行けばいいのよ。それで万事、めでたしめでたしよ」

「そんなこと、できっこないでしょ。先生が私のこと、どう思ってるのかもわからないのに」

「ああら、ますますうぶだこと。まるで女子中学生レベルだわね」

「うぶなんじゃないわ。怖いのよ」

「怖い？　何が」

「何だろう。嫌われることかしら」

和代は天井を仰いで、げらげら笑った。「女子中学生レベルじゃなくて、小学生レベルだった」

由岐子は溜め息をついた。「和代一流のその皮肉、なんとかならないの？　相手が私だからいいけど、人を傷つけること、平気で言うんだもの」

「ごめんごめん」

和代はあっさりとあやまって、さらさらと茶漬けを流しこむと、口もとを手でおさえ、小さなげっぷをした。

二週間過ぎ、三週間たっても、綾乃が新潟に帰る気配はなかった。

両親は心配しているどころか、厄介払いができてせいせいした、とでも思っているらしい。現金書留で綾乃の生活費が送られてきたらしく、送り返してやろうかと思いましたよ、と言いつつ、その実、立原はさほど憤慨しているようにも見えなかった。それどころか、綾乃との生活を楽しんでいるようにも感じられる。目新しい同居人が増えた、というだけではない、何かふわふわとした、甘く優しい、柔らかなものが自分を慕い、自分を求め、頼ってくる時の、どうしようもない快感。そんなものが立原の中にかいま見える。そのたびに、由岐子の気持ちはざわざわと泡立った。

この二人はすでに男と女の関係になっているのかもしれない、という下世話な猜疑心が頭をもたげる反面、知能の遅れた田舎娘と立原が肌を合わせたからといって、嫉妬に狂うほどの問題ではない、だって相手は愛も恋もわかっていないのだから、と冷静に考える自分も同居している。

どちらが本物の自分なのかわからない。どちらも本物である、として、相反する感情にうろたえる自分をさらに面白がって高見から見物している自分もいる。自分が細かく分断されてしまったような気持ちになり、今一度、原点に返って、穏やかに立原を見つめなければ、と思うのだが、それもできなくなっている。

だが、不思議なことに苦しくはなかった。それは由岐子にとって甘美な試練、そして、久しぶりに見る、見果てぬ夢そのものでもあった。

三月に入ってまもなく、十時をまわってから立原が蠟燭亭に現れた。一人だった。流行りの風邪に倒れた和代は三日前から店を休んでおり、その晩に限って客がたてこんだせいで、ろくに立原と話もできないまま、閉店の時刻を迎えてしまった。

立原を残し、最後の客だった中年のカップルが会計を済ませた時、女のほうが引き戸を開けるなり、立ちすくんで「わあ、雪」と声をあげた。四角く切り取られた闇の向こうに、白く舞うものが見えた。

ごう、と音がして、風が店内を吹き抜けた。雪の匂いをはらんだ風だった。帰って行った客が後ろ手に引き戸を閉めた。風はたちまち外に押しやられ、蠟燭亭はまた、元のままの静けさに戻った。

「もう春なのに」カウンターの右端の、いつものスツールに座り、一人、伏し目がちに酒を飲んでいる立原を意識しながら、由岐子は呟いた。「積もるのかしら」

立原は目を細めて由岐子を見た。「積もりませんよ。風が強いせいで、秩父あたりの山から雪が吹き上げられてきてるだけです、きっと」

由岐子はくすくす笑ってみせた。「立原先生がいらっしゃる日は、いつも風が強いんですね。やっぱり『風葬』っていう題名の詩集をお出しになったせいだわ」

「『水葬』っていうタイトルにしてたら、雨ばかり降ってたかもしれない」

「『火葬』にしてたら？」

「火事ばかり？　まさか」

二人は顔を見合わせて、邪気のない笑みを交わした。

何かしら浮き立つ思いが由岐子の身のこなしを軽くしていた。てきぱきと後片付けをしながら、途中でいったん外に出て、店の暖簾を中に入れ、入口の明かりを消した。風は強く、小雪が混じってはいたが、明らかにそれは春の風で、身を刺す冷たさはなかった。

カウンターの奥に戻ると、立原が聞いた。「まだいてもいいですか」

「もちろんです。いてください。お好きなだけ」

「疲れてるんじゃないのかな。ただでさえ和代さんがいなくて大変なのに、今日はなんだかお客が多くて、てんてこまいのようでしたから」

「このぐらい平気です」

「迷惑だったら言ってください」

「迷惑だなんて、そんな……。先生がいてくださるのなら、私は朝まででも先生のお相手をします。ほんとです」

久しぶりに綾乃を連れず、一人で来てくれた立原の、自分に向けられた柔らかなまなざしが嬉しかった。嬉しいあまり、思わずそんな科白(せりふ)を口にしてしまった自分が気恥ずかしく、自己嫌悪にかられたが、洗い物をしながらちらちらと覗き見る立原の様子には格別の変化もなく、由岐子は内心、ほっとした。

何故綾乃が一緒ではないのか。新潟から親がやって来て、綾乃を連れて帰ったのか。それとも単に、いつもと同様、綾乃は立原のマンションの一室で眠っているだけなのか。聞きたいことが波のようになって押し寄せてきたが、由岐子は黙っていた。片付けものをあらかた済ませ、立原のために燗をつけた酒を手にカウンターを出た。

「何か召し上がりますか」

「いや」

「からすみがあるんです。少し切りましょうか」

「いや、いいんです、本当に。今日はあなたに会いに来た。だから何もいりません」

聞き違えたかと思った。虚を突かれたようになって、由岐子は口を閉ざした。

本当です、と立原は言い、瞬きを繰り返しながら、眩しそうに由岐子を見た。「あなたに会いに来たんです。横に座ってください。もう何もしないでもいい」

喉がつまるような感覚を覚えた。由岐子は息を殺しながらそっとうなずいた。

カウンターを出て、いつものように立原の隣のスツールに浅く腰をおろした。立原が由岐子の杯に酒を注いだ。

どうぞ、と小声で促され、由岐子は中のものに少し口をつけた。風の音がした。

「この店に来ると」と立原はぽつりと言った。「墓地に来たような安心感を覚えます」

「墓地、ですか？」
「悪い意味で言ってるんじゃない。墓地じゃなかったら、棺。さもなければ、闇。安息
……そういうイメージがある」
ああ、と由岐子は言い、うつむいた。「静かだ、という意味ですね。いつだったか、
以前も先生は、そんな意味のこと、おっしゃってました。この店は外から閉ざされてる
感じがする、って」
「だから好きなんです。ここは世界中の風が吹きだまって、あんまりたまってしまうも
のだから、音が聞こえなくなる。そんな店です」
由岐子はそっとうなずいた。「先生が風を連れていらっしゃる」
「風に吹かれ過ぎて、疲れました」
「どういう意味ですか」
「風に吹かれ過ぎると、体温を奪われる。そんな感じがしています」
「わからないわ。教えてください」
いや、と立原は言い、カウンターに肘をついて額に掌をあてた。「いいんです。大し
た意味はない」
その背が少し揺れたように思ったので、由岐子は微笑んだ。「先生、今日は珍しく、
少し酔ってらっしゃる」

立原は掌を広げ、指の間からじろりと由岐子を見つめたが、次いで、自分が発した鋭い眼光にうろたえたかのように、とりつくろった笑みを浮かべながら背筋を伸ばした。

「酔ってなどいません」

「酔ってもいいんです。どうぞ酔ってください。お好きなだけ」

立原は応えなかった。手酌で酒を注ぎ、ちびり、とひと口、それを飲んだ。

変ですね、と由岐子は両手で杯を弄びながら言った。「こんなことを言ったら笑われるかもしれませんが、私は先生とこうやって、風の音を聞きながらお酒を飲むことだけを……生き甲斐に生きているんです」

立原は黙っている。いつまでたっても、身じろぎひとつしない。

「本当です」と由岐子は繰り返した。「砂が一面に広がってるみたいな、なんにもない、色もついていなければ、音も聞こえないような生活の中で、先生とこうしていられるひとときだけが、私の……」

沈黙が針のように降り注ぎ、由岐子は惨めな気持ちを味わいながら、それでも必死になって微笑んでみせた。「生きててもしようがないし、かといって死んでもしようがないんですけど、それでもやっぱり生きていかなければならないのなら、小さな生き甲斐だけは持っていたいと思って……。わがままでしょうか」

わがままだなんて、そんな、と立原は掠れた声で言った。「あなたは純粋な人だ」

「私が、純粋？　何故？」

「生きるための努力を惜しまない」

「仕方がないからです。だってどんな辛くたって、人間は生きてかなきゃいけないでしょう」

「死のうとは思わないんですか」

由岐子は立原を見た。その、少し疲れたような横顔は、淀んだ黄色い光の中に滲んでいくかのように、どこか輪郭が不鮮明に見えた。

立原は、ふっ、と短く吐息をつくようにして笑い、目を伏せた。「いつか言いましたよね。覚えてますか。死ぬ時はいつでも言ってほしい、と」

忘れるはずがなかった。由岐子はうなずいた。「覚えてます」

「僕には自殺願望がある。昔からです。物ごころついた頃から、そうだった。いつでも消える覚悟がある。いつでも消えることができるから、と安心して生きてきた。だから平気なんです」

立原はそこまで言うと、ふと由岐子を見た。長い睫毛に縁どられたくぼんだ目が、うるんだように由岐子を包んだ。「あなたを道連れに死にたい、と僕が言ったら、どうしますか」

由岐子は立原の視線に射すくめられたようになって、瞬きひとつできずにいた。風が引き戸を鳴らした。カウンターの上の明かりが、ふわりと揺らいだような気がした。

「どうします」立原が聞き取れないほど低い声で繰り返した。

「喜んで」由岐子は小声で言った。「喜んでお供します」

立原は小揺るぎもせずに由岐子を見ていた。その目は、底知れぬ虚無の底を覗きこんでいる人の目に似ていた。

長い時間が過ぎた。あるいは数秒後のことだったかもしれないが、由岐子には永遠にも感じられた。

外界の音が途絶えた。にゅう、と立原の左手が伸びてきて、由岐子の腕を摑んだ。確かな重みが伝わった。由岐子は立原を見たまままじっとしていた。

立原の手の重みは由岐子の腕から肩、次いで首に移っていき、乾いても湿ってもいない、不思議に生温かな五本の指が、由岐子の喉仏のあたりで動きを止めた。

由岐子は軽く顎を上げた。何をされるのか、わからなかった。わからないのに、これから何が起こるのか、ずっと昔から決まっていたような気もした。

「怖い？」立原は絞り出すような声で聞いた。

「いいえ」

「あなたの首は細い」

由岐子は目を閉じた。

「こんなに細いから、片手で絞めることができそうだ」

「絞めてください」

「本当に？」

「はい」

「いいの？」

「どうぞ」

ふいに喉に圧迫感が広がった。頸動脈を絞め上げてくる指の腹を通して、立原自身の血のたぎりが感じられた。

顔に赤みがさしてくるのがわかった。気道が狭まり、呼吸が苦しくなった。耳の奥が、ざあざあ、と鳴った。思いがけず、恍惚が由岐子を捉えた。

苦しいせいで、無意識に手を動かしてしまったようだった。カウンターの上の徳利が、ごとりと音をたてて倒れた。生ぬるくなった酒がカウンターからこぼれ落ち、スカートをはいた由岐子の膝をしとどに濡らした。

その瞬間、弾けるようにして気道が確保された。空気が通り、頭にのぼっていた血が凄まじい勢いで下りてきた。由岐子は咳こんだ。

目の前に立原の顔があった。彼の目は濡れていた。

「ごめん」うつむきながらカウンターに片手をつき、静かに頭を左右に振って、立原は呻くように言った。「こんなことをして……申し訳ない」

「いいんです。あやまらないでください。絞めてください、と言ったのは私です」

嬉しかった……そう言おうとして、また由岐子は咳こんだ。

風が吹き荒れ、建物全体が揺れたような気がした。立原は顔を上げ、由岐子を見つめたままじっとしていた。

濡れた双眸が目の前にあるというのに、二人の距離は縮まらなかった。今しがた自分がした行為以上に男と女を近づける行為はない、と言わんばかりに、立原は肉欲を失った老人のごとく、静かにそこにいるだけであった。

「ひとつ聞きたいことがあります」由岐子は咳がおさまるのを待って、口を開いた。

「立原先生と綾乃さんは……つまり……その……同棲のようなことをされているのですか」

立原の顔に、その時、突然、気味が悪いほど活き活きとした、皮肉めいた表情が蘇った。

同棲？　と彼は聞き返した。甲高い声だった。次いで彼は短く笑った。「何を言いだすかと思ったら」

「笑わないでください。ちょっと聞いてみたかっただけですから」

「同棲ということは、つまり、僕とあの子が性的につながっている、ってことですか。

男と女になって暮らしている、ってことですか。やめてください」立原はまた笑った。笑った後で、あたかも目まぐるしく変わる百面相のように、ふいに険しい表情になった。「僕はあの子に、性的関心どころか、愛情のかけらも持っちゃいない。あの子はただのお荷物です」

「じゃあどうして……」

「僕には何の希望もありませんから」立原は吐き捨てるように言った。「今さらあの子を見捨ててどうなるんです。見捨てると何か希望がわいてくるんでしょうか。光が見えてくるんでしょうか。何もありゃしません。同じです。同じだから、何もしないでいるだけです。あの子が僕の前で平気で裸になって、僕を誘いこもうとしてくるのを、僕は黙って見ている。何も感じない。感じないけど、別に哀れだとも思わない。腹も立たない」

足のほうからせり上がって来る、どうにも逃れようのない悲しみが、水のように由岐子を充たしていった。

視界がうるみ、束の間、由岐子は茫漠と広がる砂の風景を見たように思った。砂は風で舞い上がり、舞い上がっては元の場所に消えていく。その、永遠に連なる砂の風景の中にうずくまっている自分自身が見える。何かに向かって手を伸ばしているのだが、何に向かって伸ばしているのか、何を欲しがっているのか、自分にもわからない。

沈黙が広がった。二人は長い間、互いの胸の内を探るように口を閉ざしたままでいた。

「本当のことを言うと」と立原はくぐもった声で言った。「今日はお別れに来たんです」

由岐子は驚いて顔を上げ、立原を見据えた。立原の横顔は柔和だった。

「東京を離れることにしました」

「どうしてですか」

「ちょっとわけがあって……」

「綾乃さんも一緒に？」

立原はこくりとうなずいた。

「新潟にお帰りになるの？」

その質問が耳に届いていないはずはないのに、立原はのそりとスツールから立ち上がると、ズボンの後ろポケットをまさぐって財布を取り出した。一万円札を四枚、カウンターの上にすべらせるように置いて、彼はなじみのある、あのいつもの柔らかなまなざしを由岐子に投げた。

「あなたとここでこうやって飲むのは、本当に楽しかった。ありがとう」

「いったいどうなさったの、先生。あんまり突然すぎます」

「いつまでもここにはいられない。それだけのことです」

「何かあったんですか」

「いや、何もない。僕に何かが起こるわけもないでしょう」

「何をおっしゃってるのか、わからないわ」

「わからなくてもいい。あなたはそんなこと、わかろうとしなくても……。ともかく、この金、取っておいてください」

「こんなにたくさん、いりません」

「いいんです。これまで随分、安く飲ませていただいた。ほんの気持ちばかりのお礼です」

「恰好ばかりつけるのね、先生は」そう言うなり、由岐子の目から涙が落ちた。こらえにこらえて溢れ出たのではない、それは不思議なほど突然こみあげてきて、突然こぼれ出した涙だった。

「恰好ばっかりつけて、私から離れていく。ひどい方」

立原は動じなかった。動じないまま、立ち尽くし、どこかだるそうに由岐子を見下ろしていたが、やがて踵を返すと、コート掛けのフックから黒のダッフルコートを手に取り、袖を通した。

「あなたに会えてよかった。本当です」

その言葉を最後に、立原は蠟燭亭を出て行った。

開けられた引き戸の向こうから、雪まじりの湿った風が吹きこみ、戸が閉じられると店は再び、墓場のような、棺のような、闇の奥底のような寂しい安息に包まれた。

山梨県と長野県の県境にある山の中で、立原と綾乃の無理心中死体が発見されたのは、それから二週間ほどたってからであった。

先に立原は綾乃を絞殺し、雪に被われた春浅い枯れ野の窪地に横たえた後、近くの木の枝にロープを渡し、縊死を果たしたようだという。

立原の足元には遺書が残されていた。レポート用紙に縦書きに黒のボールペンで書かれた遺書に宛て名はなく、誰に対してというわけでもない、簡単な詫びの言葉が短く綴られていただけだった。

新聞の三面記事の片隅に、『風葬』という詩集を一冊だけ残した詩人が、知能の遅れた若い女と無理心中、という記事が小さく掲載された。

蠟燭亭で、立原と親しく口をきいていた人間は一人もおらず、まして共通の知人がいたわけでもない。一度だけ刑事が二人、店が開く前に蠟燭亭を訪ねて来て、型通りの質問をしていったというが、ちょうど由岐子が留守にしていたため、和代が適当に答え、満足したのか、二度と現れることはなかった。

立原の死は由岐子の周辺で噂話にもならないまま、ただいたずらに謎めいた衝撃だけを残して、うやむやなまま記憶の底に沈殿していった。

綾乃がいなければ、綾乃の役割を自分が果していたかもしれない、と思い、およそ初めて由岐子は、綾乃という若い女を心底憎んだ。喪失の悲しみが薄れていくと、なじみのある倦怠感が舞い戻ってきた。

これでまた、寝て起きて、店に出て、惣菜を作って客の相手をし、暖簾をしまって戸締りしてマンションの部屋に帰るという、決まりきった退屈な毎日が始まる。行けども行けども、砂だらけの砂丘の風景が、再び自分の暮らしの中に居すわることになる。

死んでもいないのに、死んでいるような毎日……蠟燭亭は今夜もまた、納骨堂のような仄暗さと静けさを保っていて、奥の丸椅子には、背を丸めて古い文庫本を読みふけっている古い女友達がいるだけである。

その古い女友達は、たまに思い出したように由岐子に向かってこう言う。

私の言う通りだったでしょ、と。「あの先生はね、死ぬまで夢からさめない人だったのよ。おめでたいほど自意識過剰で、勝手にやってくれる分にはいいんだけど、巻き込まれるのは真っ平だわよ」

そうだろうか、と由岐子は思う。巻き込まれてしまえばよかったのに、と思う。巻き込まれたかった。綾乃の代わりに、冬枯れた山の中で、立原の生温かい指の腹を首に感じ、頸動脈を押しつぶされてみたかった。

本気でそう思いつつ、だからといってどうすることもできないまま、由岐子は今夜もまた蠟燭亭で、客のためにもくもくと酒の燗をつけている。
風はもう、吹いていない。

天の刻（とき）

ここのところ、蕗子はせっせと死に支度をしている。

いつ死んでもいいように、身のまわりに余計なものは増やさない。見苦しいもの、人任せにできないようなものはそのつど、整理し、処分する。下着類は古くなった順に惜しげもなく捨ててしまう。

もともと宝飾類に何の関心もなく、着るものに金をかける趣味もなかった。したがって、形見分けするにふさわしい金目のものなど一つもない。

家具はもちろんのこと、食器も、小物類も、そのへんの安物売りの店で買ったものばかりである。あんまり家の中のものが安っぽいので、まるで学生の下宿部屋のようだ、と叔母に呆れられるが、そういう暮らしが性に合っているのだから仕方がない。

その分だけ、死に支度は楽だった。心がけてさえおけば、家の中に無駄なものをはびこらせずにすむ。突然、自分がこの世から消え、家を片付けに来た人がトイレや風呂場に足を踏み入れて、タイルに黴が生えていたり、便器が汚れていたりするのを目にするのはいやだろうから、と水まわりの掃除も怠らない。おかげで家はきれいになった。これなら死に支度も悪くない、と蕗子は思う。

きっかけは怪我だった。その冬、四つ年上の男と日光に行き、油断していたのか、あるいはそうなる運命だったのか、凍った雪道で滑って転んだ。転倒した時に打った腰骨の痛みはまもなくおさまったが、いつまでたっても胸の痛みが消えないので不審に思い、東京の病院でレントゲンを撮ってもらった。鎖骨にひびが入っている、と言われた。

そのレントゲン写真に、偶然、映し出されたのが甲状腺の不審な影であった。検査の結果、甲状腺腫で、癌のおそれはなく、今のところ急を要する状態ではなさそうだが、ともかく時期を見て早めに手術を受けたほうがいい、と勧められた。

そう言われても、すぐにというわけにもいかなかった。勤めている建設会社のデザイン室でインテリア・デザイナーとして長年働いてきた蕗子は、責任ある仕事を任されている。図面を引き、時には職人たちと一緒になって現場に出向く。まとまった休みがとれることはめったになく、そうしようと思ったら、かなり前から仕事の調整をしておかねばならない。

仕事に支障のない時期、ということになると、その年の六月から七月にかけてがもっとも都合がよさそうだった。蕗子は意を決して手術の予約をし、その年の六月中旬に入院する手続きをとった。

腫瘍の成長具合によっては、早いうちから嚥下困難をきたす人もいるらしい。そんな話を耳にすれば、不安にかられてしかるべきだったろうが、蕗子は終始、平静だった。四十七歳。いいことよりも、いやなこと、不快なこと、不条理なことがより多く起こりがちな年代でもあった。起こったことは、とりあえず黙って受け入れていかねばならない。たとえ悪性腫瘍だ、と言われても、はあ、そうなんですか、とうなずくだけで、大して自分は驚かなかったかもしれない、と蕗子は思う。

天の刻、という言葉が蕗子は好きだった。何にでも天の刻というものがある。いいことが起こるのも、悪いことが起こるのも、全部それは、天の刻なのである。そう思って生きてきたせいか、蕗子はあまり物事に動じない。何か起こるたびに、ああ、これは天の刻なのだ、と思う。逆らわずに受け入れる。そういう生き方が板についている。

トイレも風呂場も台所も全部きれいに掃除し、家中がさっぱりとした休日の午後など、これでいつ死んでも大丈夫、心ゆくまで安心して死ねる、という、不思議な満足感がわきあがる。畳の上にごろりと身を横たえて、庭の木々の梢を叩く優しい雨の音を聞いている。目を閉じると、昔関わった男たちの顔が甦る。

あれも恋だった、これも恋だった、と一つ一つ、丹念に思い返す。そのすべてにからだの関係があったというのに、からだのことを何ひとつ思い出せないのは不思議である。

思い出すのは、その男と交わした会話、その男の汗ばんだ手のぬくもり、肌を合わせた時にふと足にあたった膝の堅さ、その男の笑い声、二人の間に漂った空気、そんなささやかなものばかりである。

学生時代、心底、好きだと思いながら、一度も寝なかった男がいる。一つ年上の、同じ大学の先輩だった。よく笑い、よく笑わせてくれる男だった。

ころころと、子犬のように絡み合いながら街を歩き、笑いながら様々な話をした。真剣に恋をし、共に同じものを見つめ、同じことを考えていたはずなのに、それ以上の関係は生まれなかった。

或る夏、一緒に海辺の街に旅をし、鄙(ひな)びた宿に部屋をとって添い寝した。薄い布団に並んで仰向けに寝ながら、二人で海の音を聞いていた。大切な大切な、この世で一番失いたくない、ガラス細工のこわれものでも見るようにして互いを見ていた。それは過剰な無垢に手も足も出せなくなっていた、少年と少女の恋であった。

別れ話をした覚えもないのに、男とはいつの間にか疎遠になった。以後、二度と会うことはなくなったが、蕗子は今もよく、男と聞いた海の音を思い出す。岩場に打ち寄せる波の音は二十七年も昔の音だというのに、今も優しく、まどろむように蕗子の中に響いてくる。潮の香りも嗅ぎ分けられる。遠い日のその恋は、夏の海辺という幻の風景の中に、変わらずに生きているのである。

いずれにしても、悪くない人生だった、と蕗子は思う。もう欲しいものは何もないし、失うものも何もない。家の中はいつもきれいに片づいているし、いつ死んでも心残りはない。そう思って、蕗子はうっとりする。

昔の男と撮った写真や、男からもらった手紙は、煎餅が入っていた大きな銀色の空き箱にひとまとめにして入れた。ガムテープで封をして、蓋には「焼却のこと」と書いた紙を貼りつけた。

死後、そんなものが人の目に触れたら、様々なところに迷惑がかかりそうな気もして、思いきって焼き捨てようと決心したこともある。庭に小さな穴を掘り、中に手紙や写真を並べて、いざ、ライターで火をつけようとしたのだが、どうしてもできずに終わった。古い恋の記憶はおぼろになるばかりだが、その時感じたときめきだけは、今も胸の奥底深く、静かに生き続けている。

一緒にドライブに行き、誰もが行くような観光地で撮った写真。よくデートに使っていた居酒屋で撮った写真。男の妻に隠れて一泊旅行をした時に撮った写真……。どれがいつの自分なのか、それすら区別がつかなくなっている。男の顔がそれぞれ入れ替わっても、何の問題もないような気もしてくる。

彼らの一人一人から、蕗子はしばしば手紙をもらった。葉書の時もあれば、封書の時もあった。稚拙な文字、達者な文字、万年筆で書かれた文字、シャープペンシルで走り書きされた文字、いろいろだった。

気恥ずかしくなるほどの恋文もあれば、遠回しに誘いをかけてくるような気取った手紙もある。連絡事項だけを綴った、事務的な手紙もある。出張で和歌山に来ています、と書かれただけのそっけない絵葉書もある。なんとなく気まずくなった男からふいに送られてきた、便箋十五枚分の切々とした未練がましい手紙もある。

今さら読み返してみたいとは思わない。でもやっぱり処分することなど、できそうになかった。だってこれは、と、押入れの奥に押し込んである煎餅の四角い箱を目にするたびに、蕗子は思う。私の生きた証じゃないの、と。

蕗子は美人ではなかった。美人だと言ってくれた男も何人かいたが、その男の目にそう見えるだけのことだろう、としか思わなかった。

小作りで整ってはいるが、目も鼻も口も小さく、どちらかというと地味な顔立ちである。色白ではなく、もち肌というのでもない。姿勢がいいせいか、立ち姿は人に褒められることが多いが、これまた格別に均整がとれている、というわけでもなく、中肉中背の、少し油断すると贅肉がつきやすい、どこにでもいる女の身体つきをしている。

女の容貌を松竹梅の三段階評価に分けるとするなら、自分は竹だろう、と蕗子は思っている。或る種の男にとっては、梅でしかないのかもしれない。にもかかわらず、男好きするのか、あるいは、閨（ねや）での所作が男の気をひくのか、その年になるまで蕗子に男が途絶えたことはなかった。

どういうわけか、蕗子に声をかけてくるのは、妻も子もある男ばかりである。この冬、一緒に日光に旅した永島も同様である。

永島は五十一になる劇作家で、世間に名を知られているわけではないが、小さな劇場で上演される芝居の脚本家としては知る者も多い人物である。妻は元アングラ劇団の女優で、妻との間に娘が三人いる。そのうちの一人はモデルをしているという。

とはいえ、永島の家族について蕗子が知っているのはその程度だった。もともと永島は家族のことはあまり喋ろうとせず、蕗子も聞こうとしなかった。二人でいると、まるで若い恋人同士のように羞じらったり、言葉で相手を誘いこんだりしながら、二人だけの会話に浸る。そんな瞬間が、かえって蕗子にはいとおしい。

若い頃は、結婚している男と関わっているうちに辛くなり、独り寝の夜など、わけもなく虚しくなって、さめざめと泣くこともあったが、とっくの昔にそんなことはなくなった。

男と女は向き合って、互いを見つめ合った時こそがすべてである。番い、というのは多分、そういうことを意味するのである。そう思うようになった。

したがって、男に妻がいようが、子供がいようが、男のありふれた私生活の風景になど、蕗子の興味をそそるものは何ひとつなかった。蕗子はただ、目の前に男がいて、その男に愛され、その男を自分が愛し、器に水が徐々に満ちるようにして静かに肉欲が溢れ返っていく、その優しいひとときを慈しんできただけだった。

生来、淫蕩の血が流れているのか、と思ったこともある。

「私はね、お父さんに隠れて、想像の中で百万遍も浮気したのよ」と言うのが、母の口癖だった。想像の中で百万遍浮気した母と、現実に次から次へと男を変え、結婚もせずにきた娘とでは、どちらが淫蕩なのだろうか。そんなことを真剣に考えることもあったが、答えが出た例はない。

いつまでも結婚しようとしない蕗子を案じて、叔母は今もせっせと縁談を持ってくる。相手は再婚希望の中年の男ばかりである。

おつきあいするのはいいが、結婚など考えられない、と言うと、叔母はいつも悲しそうな顔をする。男を知らずに一生を終えるのは寂しいことよ、と諭される。蕗子はそのたびに笑いそうになる。

蕗子の盛んな男性関係を知っている者は誰もいない。秘密主義というのでもないし、独身なのだから、男との関わりを親しい人に打ち明けたところで何の不思議もないようなものだったが、相手が誰であれ、蕗子は自分の情事を他言するのはあまり好きではなかった。第一、友達と呼べるような親しい人間もいないので、その種の話を打ち明ける機会もない。

まして、今さらそんな話を叔母にするつもりもないから、蕗子は叔母が飽きずに持ちこんでくる縁談を黙って聞く。

この方はね、奥様を亡くされて十年になる大学の先生なの、それはそれはいい方よ、五十三歳でね、息子さんが一人いるけど、この間、結婚したんですって、趣味は釣りとお料理よ、蕗ちゃんもお料理がうまいから、気が合うんじゃないかと思って……。

あくびが出そうになるが、それでも叔母の気持ちをないがしろにしたくない。父も母も他界した。一人っ子で兄弟姉妹もいないから、今では六十五になる叔母が唯一の肉親である。

叔母は趣味で始めた生け花に病みつきになり、今は成城の自宅で生け花教室を開いている。夫は大きな企業の重役で、年子で生んだ二人の息子はそれぞれ有名企業に就職し、家庭を築いた。安泰を絵に描いたような人生を送っているせいか、あるいは欲しがっていた娘に恵まれなかったせいか、余計に蕗子が不憫に思えるらしい。叔母の蕗子に向けられる情愛は、常に過剰であった。

蕗子は、そうねえ、と目の前の写真を見下ろしながら相槌を打つ。「上品そうな人ね。頭もよさそうだし」

「でしょう？　どうかしら。蕗ちゃんの写真を見せて、蕗ちゃんの話をしたら、とても乗り気になってくれてね。まじめに設計デザインの仕事にうちこんできたあまり、婚期が遅れた、っていうのが気にいったらしいの。自分は再婚なんだけど、相手の女性は蕗ちゃんみたいに初婚の人がいいんですって。一度是非、お目にかかりたい、って、そりゃあ熱心におっしゃるのよ」

再婚の相手として値踏みされている自分を想像すると、可笑しかった。仕事にうちこんで婚期が遅れただなんて、とんでもない、私はただ、切れ目なく恋をして、たくさんの男と寝てきただけなんです……笑いながらそんなことを口にしたら、相手はどんな顔をするだろう。

蕗子は叔母の気持ちを傷つけないよう注意しながら、「でも」と言う。「今はあんまりそういう気持ちになれないの。なにしろ仕事が忙しくて」

「仕事、仕事、ってそればっかりね」叔母は口をへの字に曲げる。「いくら蕗ちゃんのやってる仕事がやりがいのある仕事でも、家庭に入って、社会的地位のある旦那様に大事にされて、ゆったりお庭いじりでもして……そういう人生、考えたことないの？」

「だっておばさん、ここにだって庭はあるし、私、庭いじりなら、いつもしてるのよ。働いてるからお金もあるし、何の不自由もしてないのに」

蕗子がそう言うと、叔母はいくらか頰を赤らめながら、「そう言うけど、蕗ちゃん」と言い、目をそらす。「男の人がいないのは不自由よ」

「不自由？　どうして？　力仕事のこと？　でも、今の世の中、お金さえ払えば、いつだって電話一本で男の人が手伝いに来てくれるわ」

「そういう意味で言ってるんじゃないのよ。……私の言ってる意味、わからない？」

「どんな意味なの？　ねえ、ねえ、教えて」

蕗子がふざけて身を乗り出してみせると、叔母は困惑したように笑い出し、そうやって二人で声を合わせて笑っているうちに、いつのまにか縁談の話は立ち消えてしまうのだった。

劇作家の永島の前につきあっていたのは不動産屋で、その前はテノール歌手、そのまた前は高校教師、その前は会社員だった。

男の職業がばらばらなのが、自分でも釈然としない。女は或る特定のタイプに惹かれることが多く、似かよった職種の男と親しくなるのが普通だろうが、蕗子にはそれはなかった。

男の職業は何でもよかった。まして社会的地位など考えたこともない。ただ、自分を愛してくれて、自分もまた愛することができるのなら、どんな仕事についている男であろうが、金があろうがなかろうが、相手は誰でもよかった。

たとえ一時にせよ、それぞれのつきあいがだぶったことは一度もない。誰かとつきあっている時は、他の男とは関わりをもったことがなく、他の男と関わりたくなったら、それまでの男とはきれいに別れた。

別に鉄則にしていたわけではないが、自然にそうなった。蕗子の性格によるものかもしれなかった。

永島は今夜も蕗子を訪ねて来る。彼の書いた芝居が千秋楽を迎えたので、その打ち上げ会を役者たちと一緒にやり、帰りにちょっと寄る、という。

実のところ、蕗子は芝居には興味はない。それは不動産やオペラや教育問題や会社の業績に興味がないのと同じことだったのだが、それを永島に知られるのはいやだった。いつ会っても、蕗子は永島が目を輝かせて喋る芝居の話を熱心に聞いた。面白い話もあったし、退屈な話もあったが、永島の弾んだ声を聞いているのは楽しかった。

永島は、蕗子が遍歴の果てに出会ったも同然の男であった。これからも男とは小さな出会いを繰り返していくだろうが、自分の年齢を考えれば、これが最後の男かもしれない、とも思う。最後の男、という言葉の響きに蕗子は酔う。

五月だというのに、五月晴れ(さつき)の日が少なく、その晩もまた雨だった。ざあざあと降り続ける雨の音が、古い木造の平屋の家を包みこむ。風もなく、まっすぐに勢いよく降りしきる雨である。

縁側のガラスに顔を近づけると、闇に沈んだ小さな庭に、部屋の明かりを背に受けた自分の影が、ぼうっと伸びているのが見える。中に取り込むのを忘れた庭用のビニールサンダルが、沓脱ぎ石の上でしとどに濡れて光っている。

深夜になって家の近くで車が停まる音がしたと思ったら、玄関のガラスのはまった引き戸をこつこつと叩く音がした。

家にはチャイムがついているのだが、永島はめったにチャイムは鳴らさない。ガラスの引き戸を叩き、はあい、と中から蕗子の声がして、がちゃがちゃと鍵が開けられる瞬間が好きなのだという。

今夜はあんまり飲んでないんだ、蕗ちゃんと飲もうと思ってね、と永島は笑顔で言い、いつものように玄関先で、蕗子の腰に手を回し、軽く抱きしめた。永島の着ていたジャケットから、ふわりと埃くさいような雨の匂いがたちのぼった。

居間に入り、藍染の座布団の上にどかりと腰をおろすと、永島は着ていたジャケットを脱ぎ、今夜は蒸すね、と言いながら、もぎとるようにしてポロシャツの前ボタンを外した。

蕗子は縁側の窓を細めに開けた。雨の音が強くなった。外部を遮断するような音だった。

ビールよりも冷酒がいい、と永島が言うので、蕗子は冷蔵庫で冷やしておいた冷酒の瓶とグラスを二つ、盆に載せた。小鉢に茹でたそらまめを盛り、塩を添えた。そういうシンプルな、手を加えない肴を永島は好んだ。

冷酒を注いだ江戸切り子のグラスで乾杯のまねごとをし、ひと息に中のものを飲みほすと、永島は「ああ」と言って、目を細めながら幸福そうにつぶやいた。「いつ来てもここはいいな」

雨の音が、ざあ、とその声を包んだ。

蕗子の住まいを気にいらなかった男は一人もいない。不動産屋もテノール歌手も高校教師も、その前の男もみんな、いそいそと蕗子の家に通って来た。

蕗子は、行かず後家の侘び住まい、などと言ってふざけてみせたが、男たちにとって自分の家が、いつ来ても歓迎され、静かに寛げることが約束されているオアシスになっているのは、蕗子自身、よく承知していた。

居間として使っているのは六畳の和室で、その隣に床の間つきの八畳の和室、そのまた隣には五畳ほどの小ぢんまりとした洋間が一つ。三つの部屋は南向きの縁側に面していて、縁側の端にトイレ、六畳間の裏側に台所と風呂場が並んでいる。

居間にある家具らしい家具といえば、座卓代わりの円形のテーブルと、骨董品屋で安く手に入れた背の低い古ぼけた茶簞笥だけ。あとは小型テレビとビデオデッキが一台ずつ。隣の八畳には、もう使い始めて十年になるセミダブルのベッドと書棚。

洋間は蕗子の仕事部屋で、作りかけの図面を家に持ち帰った時は決まってそこで仕事をする。会社の人間のお下がりの図面用デスクと椅子があるばかりだが、照明には気をつかい、長く仕事をしていても疲れないよう配慮してある。

庭は狭いが、雨風にさらされてちょうどいい具合に黒ずんだブロック塀で囲われている。塀に沿うようにして植えられた何本かのツツジは、桜が終わる頃になると、燃え立つような真紅の花を咲かせる。

前の住人がしつらえた花壇は無造作だが美しくまとまっている。春は水仙、夏は菖蒲、秋はコスモス。秋口には、金木犀が一斉に黄金色の花をつけ、芳香を放つ。

たまに雑草を抜いてやりさえすれば、庭はいつも懐かしいような風情を湛えてそこにあり、夏の夕まぐれなど、縁先で蚊やりを焚きながら、男たちはうちわ片手にビールを飲み、日本の夏だ、いいぞ、いいぞ、と子供のように喜びながら、いつまでも庭を眺めていたりするのだった。

夫の転勤でサンフランシスコに行かねばならなくなった夫婦が、三年の期限つきで貸家に出した家であった。蕗子が借りて十年になるから、とっくの昔に期限は切れているはずなのだが、夫婦は在米中に仲違いをして別居した、と仲介してくれた人からは聞いている。

妻のほうは帰国して別の男とマンション暮らしを始め、夫はそのままアメリカに残ったらしい。いずれにせよ、家はそのまま継続して蕗子が借りることになっており、老朽化してどうにも住めそうになくなるまでは、どうやらこのまま、出て行かずとも済みそうな気配なのがありがたかった。

「実を言うと、どうも気が晴れなくてね」

そらまめをつまみ、小皿の塩を少しつけて口に運びかけた永島が、急に食べる気を失った、とでも言いたげに表情を曇らせた。「忙しくしてる時は忘れてられるんだけど、ぽっかり時間が空いた時なんかにね、ふと気がつくと蕗ちゃんのことを考えてる。……心配なんだ。心配でたまらない」

「手術のこと？」

「あと何日、あと何日、って、指折り数えてさ。楽しみなことだったらいいんだけど、手術なんだからね。どうにもやりきれない。こんなことなら、急患で病院に担ぎ込まれて、その場で手術、っていうことになってくれたほうがましだった、なんて思ってさ」

「心配いらないわ。簡単な手術だ、って言ったでしょ。大丈夫。呆れるほど早く生還してみせるから」

「大丈夫だろう、ってことは、頭ではわかってるんだよ。いろんな人にそれとなく聞いてみて、甲状腺の良性腫瘍ってのは、わりあい、ありふれた病気なんだ、ってこともわかったしね。でもさ、それにしたって、全身麻酔ってのがいやだよな。なんにもわからなくなるなんて、想像しただけでいやだ」

「局所麻酔で、メスの音や医者の話し声を聞いているほうがいやよ。目が覚めたら終わってるんだもの、そっちのほうがいいじゃない」

「もしもこのまま、蕗ちゃんの目が覚めなかったら、って思ったら気が狂いそうになる。本当に狂うかもしれない」

蕗子は微笑む。永島は愛情表現が率直である。子供じみて見えることすらあるのだが、そんな永島を蕗子は愛している。いつまでも永島に愛されていたいと思うし、こんなに愛せる男は今後、本当に二度と現れないに決まっている、とも思う。

「手術の日は病院に行くからね。何があっても行く」

念を押すようにして永島はそう言い、蕗子を見た。

「気持ちは嬉しいけど、来ないでちょうだい。大した病気じゃないんだから」

「冷たいんだな。来てほしくないのか」

「そうじゃない。叔母が来てくれることになってるのよ。手術でごたごたしてる時に、あなたに叔母を紹介したりしたくないわ。あなただって、うっとうしいでしょう?」

言いながら蕗子は、永島を紹介された叔母がどんなに驚いた顔をするか、想像して可笑しくなった。蕗子に男など一人もいない、いた例(ためし)もない、と思いこんでいる叔母にとって、それはどれほど衝撃的な一瞬になることだろう。

「すぐに一人で歩き回れるようになるわ」蕗子は言った。「第一ね、髪もぼさぼさでパジャマ姿で、お化粧もしないで、やつれているところなんて、あなたに見られたくない。

わかるでしょう?」

「蕗ちゃんがどんな恰好してたってかまわないよ。そういう問題じゃない」

「そんな私、見たらきっといやになるわ。あなたに嫌われたくないもの。退院した日にここに来て。ね、そうして。きれいにお化粧して、見苦しくない恰好をして待ってます。退院祝い、一緒にしましょ」

「退院した日はもちろん来るよ。毎日見舞いにも行くよ。でも手術の日、俺は病院にも行かずにどうしてればいいんだよ。心配で生きた心地がしないじゃないか」

「どこかで飲んでればいいわ」蕗子はいたずらっぽく言い、甘えたようにテーブルに身を乗り出して「ね」と囁いた。「きれいな女の人のいるお店で。そうすれば忘れていられるわ」

馬鹿、と永島は真顔で言った。畳をこすりながら、にじりよるようにして蕗子の傍にやって来て、永島は「馬鹿」ともう一度口にし、ふいに蕗子のからだを抱きしめた。壊れた人形を抱くような、どこかしら乱暴で悲しげな抱き方だった。

「くだらないことを言うな。俺がどれだけ心配してるか、わからないんだろう」

「そんなことない。わかってる」

永島の唇が蕗子の耳朶を這った。性的な感じのしない、乾いた、それでいて情愛溢れる接吻が、繰り返し蕗子の唇をふさいだ。蕗子は永島の首に両手を回し、夢中になってそれに応えた。

永島の手が蕗子の肩から腋の下、背、腰、乳房を撫でるようにして通り過ぎていったが、それだけだった。

それ以上の行為に出ようとする様子もなく、永島はじっと蕗子を抱きとめながら、蕗ちゃん、と耳元で囁いた。「愛してるよ。大事だよ」と。

永島の、かすかに煙草の匂いのするポロシャツの胸に頬を埋めていると、幸福感に充たされた。蕗子は目を閉じ、小鼻を開きながら永島の匂いを吸い込み、そうやったまま雨の音を聞いていた。

あと何回、こういう幸福を味わえるだろう、と蕗子は思う。雨の晩、差し向かいで酒を飲み、好きな男の胸に頬を埋め、畳の上にしどけなく横座りになりながら、雨の音を聞いている。何もすることがない。したいとも思わない。

男の胸にはいくらか贅肉がついていて、若い男のそれのように引き締まってもおらず、どこか心もとないような脆弱さすら感じられるのだが、そういう胸は蕗子をより深く安心させた。年をとって少しだぶついた、温かで柔らかな胸に抱きとめられて、ああ、みんな一緒なんだ、みんなこうやって一緒に年をとっていくんだ、としみじみ思う。このまま、この胸に抱きとめられて、眠るように死んでしまったらどんなにいいか、と考える。

ここで死にたい、と言ったら相手の男はびっくりし、心中の相談でも持ちかけられているのか、と誤解するかもしれないので、いつも口に出さずにきたが、本当のところ、蕗子は男に抱かれるたびに、そういうことを考える女だった。

とりわけ永島と関わりを持ってからは、そうした気持ちが強くなった。これが最後でもかまわない、本当にいつ死んでもかまわない、と本気で思う。

そんな思いをなんとかして永島に伝えたくなってきて、蕗子は永島にしがみつき、あたかも性の悦びをねだるかのようにして、永島の唇や鼻、頬、頤(おとがい)に自分の唇をせわしなく這わせるのだが、その実、蕗子はちっとも性的な気分になどなっておらず、胸の内で、好きよ、好きよ、好きよ、と飽かず繰り返しているだけなのだった。

「手術が無事に終わって、蕗ちゃんの体力が回復したら、旅行に行こう」永島が、蕗子を抱きしめたまま言う。

「どこに？」

「そうだな。温かいところがいいな。南の島」

「外国？」

「外国でもいいし、沖縄でもいい。ビール飲んで、浜辺で寝てる。それだけの毎日。いいだろうな。蕗ちゃんと二人、何も考えずに海を見てる。眠くなったらうとうとして、蕗ちゃんを抱きたくなったら抱いて」

「動物みたい」

「そうだね」

「きっと帰りたくなくなるわ」

「帰らなきゃいい」

「そんなこと、できっこないのに」

「できるよ。もういい、って思うようになったんだ」

「何が？」

「もう一人になりたい……つくづく、そう思うんだよ、このごろ」

家族のことを言っているのだとわかっていたが、蕗子はあえてそのことを確かめない。永島に妻がいることは、蕗子に何の問題ももたらさない。ここでこうやって抱き合っている時がすべてである。

「旅行、行きましょ」蕗子はいっそう強く永島の胸に顔を埋める。「でも、ちゃんと帰らなくちゃ。帰るところがあるから、旅に出たくなるのよ。帰らない旅は悲しいわ」

衣ずれの音をさせて、永島は蕗子の両腕をつかみ、強く揺すって蕗子の顔を見下ろした。「不吉なことを言うな」

「不吉？　どうして？」

「帰らない旅、だなんて、いやな言葉だ。これから手術を受けよう、っていう時に」

ああ、と蕗子は言い、笑う。「そんなこと、ちっとも考えなかった。ただ話の流れでそう言っただけなのに」

「だめだよ。不吉なことは口にしちゃいけない」

「わかった。ごめんなさい」

「二度とそういう、いやな言葉は使うなよ。いいね？」

「はい」蕗子は喉の奥で笑いをこらえながらも、神妙なふりをしてうなずく。「でも大丈夫。私はちゃんとここに帰って来るんだから」

「ここってどこだ」

「ここ。私の家」

「俺のところには戻らないのか」

「馬鹿ね。あなたはいつも私の家にいるじゃないの」

永島は大きな目を何度か瞬かせ、軽くため息をついた。その視線が自分の唇に注がれている、と思った瞬間、永島はわずかに喘ぐようにして蕗子の唇を強くふさいできた。蕗子は強くからだを押され、そのまま畳の上に仰向けになった。

永島の湿った手が蕗子のTシャツの下にもぐりこんできたと思ったら、ブラジャーのホックが外された。Tシャツの裾がめくり上げられた。乳首に永島の濡れた熱い唇を感じた。

その手つき、その手の湿り具合、性急さと緩慢さが交互にやってくるような永島特有の性のリズム……そんなものすべてが、蕗子は好きだった。

性的な気分になった時、いちいちベッドに誘わないのも永島のいいところだった。わざわざ風呂に入り、からだを念入りに洗い、糊のきいた浴衣やパジャマに着替えて、儀式のようにビールを一杯飲み、飲み終えてからやっと腰をあげてベッドに行こう、と言う男がかつていたが、そういうやり方は爺むさい感じがして、蕗子はあまり好きではなかった。

永島が、静かに押し入るようにして中に入ってきた。思わず小さな喘ぎ声をあげ、永島に腰を支えられたままの姿勢で、蕗子は仰向けに、畳の上で弓なりになった。降り続く雨が、部屋の明かりを受けて琥珀色に輝いているのが遠くに見え、それもやがて、細めた目の奥の、潤んだ水の中に溶けていった。

別に望んでいなくても、快楽はいつも、こうやって男から与えられる。途切れたことがない。

またしても蕗子は、いつ死んでもいい、と思った。

手術の日が近づいてくるにしたがって、蕗子はいっそう、死に支度に熱を入れるようになった。

死にに行くわけではないのだし、手術は安全なものであるとわかっていたが、からだにメスを入れる、ということの想像が、蕗子の死に支度をいっそう現実味を帯びたものにさせたのだった。

勤め帰りにスーパーに立ち寄っても、必要最小限の食品しか買わず、無駄だと思われるもの、冷蔵庫の中で腐らせるに決まっているようなものには手を出さない。入院用に、と買ったパジャマと下着以外、新しい衣類も買わないようにつとめた。

日々、たまっていく新聞は、そのつど捨て、書棚も整理して、処分してもいいと判断した数冊の古本を古書店に持って行った。

休みの日には、庭にはびこり始めた雑草を抜き、花壇の手入れをした。玄関のガラスを拭き、ついでに窓という窓のガラスを磨いた。

入院の三日前には美容院に行き、髪の毛をカットし、ついでにトリートメントもしてもらった。二日前、入院に必要なものをすべてボストンバッグに詰めた。

風呂に入るたびに、全身をくまなく洗った。むだ毛の処理も怠らなかった。いくら洗っても足りないほど自分のからだを清めたい、という気持ちばかりがつのった。

永島がやって来て、永島と肌を合わせた後だけはそういう気にならず、いつまでもぼんやりと、裸のからだを永島の傍に横たえていて平気なのが不思議だった。

翌日が入院日、という日、朝から雨になった。その日から休暇をとった蕗子は、家の掃除をし、あとはさすがにすることもなくなって、日がな一日、庭を見ていた。

雨は夕暮れを過ぎるころから烈しくなり、同時に湿度が増した。吸い込む空気が粘ついているようにも感じられ、湿りけを帯びた縁側は古い木の香りを放った。

吹き降りになった午後七時過ぎ、叔母から電話がかかってきた。心配そうな声で、翌日の入院当日は病院に同行し、一日引き返すが、手術の日は朝から付き添う、と言う。

「そんなに心配しなくてもいいのよ、おばさん」蕗子は言った。「心配してくれるのは嬉しいけど、来てもらってもどうせ麻酔が覚めるまでは、なんにも意識がないんだから、誰が傍にいてくれてもわからないわ」

「蕗ちゃんにね、家族がいれば私だってこんなに心配しないわよ」叔母はしんみりと言った。「蕗ちゃん、一人じゃないの。なんだか知らないけど、お母さんやお父さんが生きてた頃から、あなたは頑張り屋さんでねえ、人の情けは受けない、みたいな感じで、一人でもくもくと生きてて……そういう蕗ちゃん、見てるのが辛いのよ」

「私はそんなに哀れなの？」

蕗子がふざけた口調で聞き返すと、叔母はふいに鼻を詰まらせた。「哀れまれるのはいやでしょう？　わかってるのよ。ごめんね。でもなんだか……蕗ちゃんがかわいそうで……」

叔母がすすり泣いていることに気づかないふりをして、蕗子は笑ってみせた。「退院して元気になったら、お見合いでもしようかな。おばさんにそんなに哀れに思われるのは、いくらなんでも癪だもの」

「ほんと？　ほんとにそういう気になってくれた？」

「そのうちね」蕗子は受話器を手にしたまま、目を伏せて微笑んだ。「そういう気になったら、おばさんに頭下げて頼みに行くわ。茶飲み友達でもなんでもいいから、誰か男の人、紹介して、って」

「茶飲み友達だなんて、そんな……。そんな年じゃないでしょう。立派な紳士をいくらでも紹介するわ」そう言って、叔母は俄然、元気づいた。「実はね、蕗ちゃん、いいお話があるのよ。主人の会社の得意先の人でね。宇都宮に大きな工場、持ってる人なんだけど、もうご老体でね、今度、息子さんに継がせることになったらしいの。息子さんっていうのが四十三歳で、初婚よ、蕗ちゃん。海外研修とかで、なんべんも海外行ってる間に縁遠くなったっていうのよ。四つも年下になるけど、見たところ、蕗ちゃんのほうが若く見えるわ。早稲田を出ててね、とっても感じのいい人。どう？　退院したら、会ってみない？」

ため息をつかないよう注意しながら、蕗子は「そうねえ」と言った。「考えてみるわ」

「そんなこと言って。退院したらしたで、いやだ、って言うつもりなんじゃないの？」

「おばさん、私はまだ手術を受ける前で、退院した後のことなんか、なんにも考えられないのよ」

「蕗ちゃんもねえ」叔母は深い吐息と共に掠れた声で言った。「こういう時こそ、せめておつきあいしてる男の人でもいてくれたらねえ。何かと心強いのに」

「いないんだから仕方ないでしょ」蕗子はくすくす笑った。「それに、いたとしたって、何の役にも立たないわ。男の人ってそういうもんよ。女が入院した時に、細かい神経を配ってくれる人なんか、いやしない」

「わかったようなこと言って」叔母は笑い声をあげた。

ふと縁側のガラス窓に目を移すと、雨のせいか、闇を湛えてぎらぎらと光って見えるガラスに、自分の顔が青白くぼんやり映し出されている。蕗子はふと、死人を連想した。

「ねえ、おばさん」蕗子は言った。「もしも私に何かあったら、この家のもの、全部捨ててね。欲しいものがあれば持って行ってもらいたいけど、そんなものないだろうから。つまらないものが押入れに入ってたりするのを他の人に見られるのはいやなのよ。全部、捨ててね。残したりしちゃいやよ」

馬鹿なことを、と叔母は喉を震わせるようにして声を荒らげた。「何を考えてるの。いくら手術がこわいからって、そんなこと……気を大きくもたなきゃだめじゃないの。蕗ちゃんに何かある、なんてこと、あるわけない。私が保証する」

手術がこわいのではない、自分はもう何もこわいものはない、やりたいことをやりたいようにやって来て、何べんも恋をして、何べんも男と寝て、天の刻を存分に味わってきた、自分は本当に幸せなのだ……そんな意味のことを伝えたい、と思ったが、できるはずもなかった。

蕗子は、ふふ、と短く笑い、「ごめんなさい」とあやまった。「それだけおばさんを信用して、おばさんに頼りきってる、っていうことよ」

「だったらいいけど……」叔母は、はあっ、と深くため息をついた。「ともかく、明日ね。いよいよ、来るべき時が来たのよね。迎えに行くから、今夜はぐっすり休むのよ。睡眠をちゃんととって、体力をつけてね。朝ごはん、しっかり食べるのよ。わかった?」

はい、わかりました、と蕗子は言った。

受話器を置いた直後、また電話が鳴り出した。永島だった。東京駅にいるという。

「急に大阪に行かなくちゃいけなくなったんだ。大阪公演の打合わせなんだけどさ、東京でやるっていう話だったんだよ。それが急に向こうの都合で大阪でやることになって。まいったよ。こんな時に、突然、変更されて。明後日まで帰れそうにないんだ」

「戻ったらもう、手術、終わってるわ。ちょうどいいじゃない」

「帰ったらすぐ病院に行くよ」

「何度言ったらわかるの、わからずやね」蕗子は笑った。「来なくていいの。叔母がいてくれるんだし、私は何の不自由もないし。叔母の手前、あなたをどう紹介すればいいのか、わからなくなるのは困るわ」

「じゃあ、いつ行けばいい」

「来なくていいの。三日くらいたったら電話する、あなたの携帯電話に」

「それまで待てないよ」

「手術して二十四時間後にはもう、歩かされるのよ。電話する。必ず。ね？」

でも、と永島は言い、言葉をとぎらせた。「……何て言えばいいんだろう。もしもだよ、そんなことはあるはずないし、あったらとんでもないことだけど、蕗ちゃんにもしものことがあった場合、俺はどうやってその知らせを受ければいいんだよ」

「もしものことなんて、あり得ないでしょ。不吉なこと、言ったらいけない、って言ったの、どこの誰？」

「わかるよ、わかる。うん、当然だ。しかしね、俺が言いたいのは……」

「ねえ」と蕗子は声をひそめて、永島を遮った。「永島さん」

未だに永島を呼ぶとき、そんな呼び方しかできない。夢の中では、名前を呼んでいるのに、いざ現実に面と向かうと苗字をさん付けで呼んでしまう。それは蕗子の照れでもある。

「……え？」

「あのね……私、幸せでした。そして、今も幸せ」

「何だよ、いきなり」

「なんでもない。ただ、そう言いたかっただけ」

「馬鹿」と永島は吐き捨てるように言った。「遺言みたいなこと、言うな」

「これからもよろしくね」

「当然じゃないか」

「またこの家に来てくれる？」

「当たり前だろう」

「……雨ね」蕗子は目を閉じた。「この家で雨の音をいったい何度、聞いたかしら」

ごうごう、と音をたてる風が、窓ガラスに石つぶてを投げるような音をたてた。

「今夜、どうしても会いたかったよ」永島はくぐもった声で言った。

「私だって」

「会ってきみを抱きたかった……」

「そんな話……まわりの人に聞かれるわ」

「変な意味じゃない。抱きしめたかった、という意味だよ」

「私もそうされたかった」

「元気になるまでおあずけだな」

「そうね」

「蕗ちゃん、愛しているよ」

「私も」

「声を聞いたら、電話が切れなくなってきた。弱ったな。参るよ」

「じゃあ、これで切ります」

「うん。手術、頑張るんだよ」

ざわざわという騒音が聞こえてきたと思ったら、電話はそこで切れた。

縁先に出て、窓を開け放った。雨が吹きつけ、湿りけを含んだ風が髪の毛を舞い上がらせた。

これで本当にすべて終わりになれば、どんなにいいだろう、と蕗子は思った。途切れることなく続けてきた男たちとの恋も、自分の仕事も、自分の人生も、何もかも、こうやってきれいに片づくようにして終えることができれば、どんなに心安く思えることだろう。

だが、蕗子はまた帰って来る。無事、手術を終えて、ここに、この家に戻ってくるのである。

そうわかっていながら、完璧な死に支度をしてきた自分は、ひょっとすると、本当にあの世に旅立っていこうとしているのかもしれない、という思いが、ちらりと頭をかすめていく。甘美な切なさがこみあげる。今すぐ永島に会いたくなる。わけもなく、むしょうに会いたくてたまらなくなる。

永島はおそらくまだ新幹線に乗っていない。ホームにいる。

蕗子は居間に駆け戻り、電話の受話器を取り上げて、永島の携帯電話の番号を押し始めた。七桁まで押して、全身から力が抜けたかのようになり、手の動きが止まった。胸が大きくふくらみ、涙がこみ上げてきた。蕗子はその場に立ちすくんだまましゃくり上げた。

何故泣いているのか、わからなかった。ひどく孤独を感じ、感じていることはわかるのだが、不思議なことにそれは苦痛や悲しみを伴っていない。甘やかな、清々しいような孤独である。

こんなことは初めてだ、と思いながら、蕗子が右手の甲で乱暴に涙を拭くと、突風が吹きつけてきて、殴りつけるような雨の音と共に、家全体がみしりと揺れた。

術後の回復室で、看護婦からしきりと名を呼ばれ、目ざめるよう促された時も、強烈な吐き気に襲われたせいで、殆ど記憶に残っていない。その後は、四十度近い熱に浮かされ、水を飲むことも許されず、心電図だの血圧計だの点滴だの酸素マスクだの、全身、管だらけになって寝ているしかなかった。

とりあえずからだから管を抜いてもらい、蕗子が一般病棟に移されたのは、術後二十四時間たってからであった。

にこにこ笑いながら病室に現れた年配の看護婦から、よく頑張りましたね、はい、ご褒美、と言われて、ぬるいほうじ茶を差し出された時、蕗子はおよそ初めて、自分が生きている、という実感を覚えることができた。ほうじ茶はこのうえなく甘く、この世のものとは思えないほど美味だった。

叔母は早速、病室にやって来た。叔母のつれあいも一緒だった。明るい鼠色の背広に身を包んだ叔母のつれあいは、出社する前に寄ったんだ、心配だったからね、成功してよかったよかった、と言い、にこやかに笑った。

叔母はベッドの脇に立ち、蕗子の手を握るなり、ほんとによかった、と言った。その目には涙がたまっていた。

「昨日のこと、覚えてないでしょ。手術が終わって私が回復室に入って行った時よ。二時間で終わる、って聞いたのに、三時間くらいかかって、何かあったんじゃないか、って、もう、心配で心配で。そしたらね、蕗ちゃん、真っ白な顔してて、死んでるみたいだったのよ。死んじゃったんじゃないか、って、私、大声あげて、看護婦さんに叱られて……。手術の後はみんなそうなるんだ、っていうんだけど、それはもう、あなた、生きた心地がしなかったのよ」

蕗子はうなずき、ありがとう、と小声で言った。喉が腫れあがったようになっていて、声はまだうわずっていた。

麻酔の記憶だけが残っている。それはどういうわけか、強烈な記憶である。

手術室で脊髄のあたりに前麻酔と呼ばれるものを打たれ、その後、本麻酔に入った。点滴を受けるような形で、麻酔薬が静脈の中に入っていく仕掛けになっている。看護婦が一言、「血管の中に薬が入る瞬間、ひやーっとした感じになりますよ」と言った。その直後だった。

本当にからだの中に何かひんやりしたものが流れていった、と思った瞬間、首から上が爆発したのではないか、と思われるほどの烈しい感覚に見舞われ、みるみるうちに頭の中に黒いシャッターが下ろされた。後には無の世界だけがあった。

死のような世界というのではない。それは本当に無であった。何もない闇。過去も未来も現在もない、無限の闇。その闇の中で、手術の間中、自分はそれでも生き、呼吸していたのだ、と思うと不思議だった。

叔母は、元気になった蕗子に安心したのか、ちょっと家に帰って用を済ませてくる、と言い、その日の午後、一旦、病院を出て行った。蕗子はうつらうつら眠り、様子を見にやって来る医師や看護婦と短い会話を交わし、また眠った。

病室の窓から空が見えた。よく晴れた空だった。じっと見ていると、目の奥が痛くなった。

叔母は夕方になってまたやって来た。プリンだのゼリーだの、買ってきたものを病室備えつけの冷蔵庫におさめると、黄色いスイートピーとマーガレットの花束をガラスの花瓶に活け始めた。

「蕗ちゃんたら、人が悪いのね」

ふいに叔母が言った。スイートピーの花が一本一本、丁寧に活けられていく。その横顔に笑みが溢れた。

「あんなに人を心配させといて。それならそうと、言ってくれればよかったのに。秘密にしてたりして、いやな子」

「何なの？　何の話」

「いたんじゃないの、いい人」

「いい人、って？」

「ごまかさないでもいいの」叔母は活け終えた花を遠目に眺める仕草をし、リクライニング式になっているベッドで上半身を起こしていた蕗子に向かって、にやにやと笑いかけた。「うわごとよ」

「え？」

「昨日、回復室にね、呼ばれて行った時、蕗ちゃん、うわごと言ってたの。麻酔が覚めかけてたみたい。何度も何度も、名前呼んでたわ。まるで助けを呼ぶみたいに。こっちが切なくなるくらいに」

蕗子は目を瞬いた。「名前……って、おばさん、それ、何？」

「だから、名前よ。男の人の」

「男？」

蕗ちゃんてば、と叔母は嬉しそうに言い、やおらベッド脇に中腰になると、蕗子の手を取った。「どこの人なの？　恋人なのね。言いたくないのなら言わなくてもいいけど、そういう人がいたのなら、ここにお呼びすればいいじゃないの。あなた、私に遠慮して、こないように、相手の方に言ったんでしょう。そうなんでしょ」

自分は闇を漂っていたのだ、と蕗子は思う。ただひたすら、何もない、茫漠と広がる無限の闇の中を泳いでいたのだ。そこには理性も、感受性も、喜怒哀楽も、時間も、記憶すらなく、ただ、宇宙の塵のようになった自分がいただけなのだ。

そんな自分が、誰に助けを求めたのか。いったい誰に向かって、すがるような叫び声をあげたのか。

「誰の名前だった？」蕗子は聞いた。

「いやだわ、蕗ちゃん。そんなこと聞かなくたってわかるでしょうに」

その通りであった。永島の名を口にしたに決まっていた。そうでなければおかしかった。

だが、そうだろうか。生と死の狭間の闇でのたうち回っていた自分は、果して本当に永島の名を呼んだのだろうか。

「きっと私、おばさんのことを呼んだつもりだったのよ。おばさん、それを聞き間違っただけよ」蕗子は笑った。

「とんでもない。ちゃんと私は、この耳で聞きましたからね」

叔母は目を細め、顔中に皺をうかせながら、或る男の名を口にした。

蕗子は叔母を見つめた。時間の流れが止まったように感じられた。まわりのものが見えなくなり、砂のようにさらさらと、音もなく自分が過去に引き戻されていって、そのまま帰って来られなくなるような気がした。

それはかつて、蕗子が愛した男の名だった。学生時代、一緒に海辺の街に行き、薄い布団を並べて寝ながら、波の音を聞いていた男だった。底知れぬ無垢を共有していた男。遠い過去の、そのまた過去のひとときの風景の中にしかいない男……。

「蕗ちゃん、どうしたの」叔母が聞く。「どこか痛い？　気持ちが悪いの？」

涙があとからあとからこぼれてくる。遠い日の自分が見える。波の音が聞こえる。潮の香が鼻腔の奥に広がる。潮でべたついた畳の感触がからだに広がる。

蕗ちゃん、と叔母が困惑したように呼びかける。

蕗子は、涙を流したまま、笑顔を作る。「なんでもないの。元気よ。ごめんね」

「好きなのね、その人のこと。あんなにあんなに、名前を呼んで」

「好きよ。大好きよ」言うなり、また涙が溢れた。

気持ちがふくれあがり、風船のようになってからだが宙に浮き上がっていくような感じがする。意識の底に、まだ二十歳の自分がいる。うわごとで名前を呼んだあの男がいる。

薄い煎餅布団の上で、ぎこちない接吻を交わしている。年端のいかぬ少年と少女のようである。波が岩を打ち砕く音がする。海が荒れている。荒れているのだが、あたりはひっそりと静かである。

あれが、天の刻を意識した最初だった、と蕗子は思う。あれから長い長い旅をしてきた。これからも旅は続くだろう。そして幾多の新しい天の刻を迎えながら、本物の闇、宇宙の淵に向かって、自分は変わらずに歩き続けていくのだろう。

蕗子は痛む喉を鳴らして、唾液を飲みこみ、病室の窓を見上げた。窓の外は暮れなずみ、群青色の空が広がっていて、それは大昔、あの男と見た海の青さに似ていた。

襞(ひだ)のまどろみ

生まれつき、多恵のからだの中には、とろとろとした生温かい睡魔が渦巻いている。目覚めていても、頭の芯に眠っている時のような感覚がつきまとう。それは春先の電車の中でうつらうつらしてしまう時の、あのどうにもこらえきれない眠気とどこか似ている。

緊張を強いられるような場面でも、神経を尖らせれば尖らせるほど、痺れるような眠気が頭の血管の隅々にまで膨れ上がってくる。人と話をしていても、買物をしていても、面白い映画を観ていても、けだるい睡魔は常に多恵の中にあって離れない。

別れた夫は、何かというと「きみはいつだって、眠い顔をしているんだね」と呆れたように言ったものだった。閨（ねや）の中、夫の愛撫を受けている時でさえ眠たげに見えるらしく、白けるなあ、こんな時に眠らないでくれよな、と言われたこともあった。

いくらなんでも、夫を受け入れながら眠ってしまうことなど、あるはずもなかった。

多恵のからだは若い頃から性的に敏感にできており、男に触れられるとすぐに反応した。夫の愛撫に退屈したことは一度もないし、心のどこかで自分のあさましさに呆れながらも、それは関係がうまくいかなくなった時も変わらなかった。

ひょっとしたら、眠そうに見えること、それ自体が夫はいやだったんじゃないか、と多恵は思う。あの頃はまだ二十代だったのに、確かに多恵には溌剌としたところがなかった。

何かというとあくびをかみ殺したような顔をして、楽しいのか、楽しくないのか、聞かれれば、楽しいわ、と答えるものの、ちょっと目を離すとうとうとと、日だまりの中でまどろみ始める。そんな老人めいた鈍重な女のことを、夫は早くから見限っていて、だからこそ、外に女を作ったのではなかったか。

若かった頃は、多恵にもそれなりに男からの誘いがあった。誘われるたびに浮き足立つような気持ちになって、小遣いをやりくりしながら、新しい服を買った。

だが、デートの朝、ふかふかの布団にくるまって眠っていると、巣穴にいるかのようなまどろみが快く、出かけるのが億劫になってくる。今日はデートをやめようか、とまで思ってしまう。断る口実を考えているうちに、なおさら億劫になってきて、あんなに今日という日を楽しみにしていたのに、と自分でもさすがに呆れてしまうのだった。

そんなに毎日眠いのは、気持ちがだらけているせいだ、と姉は言う。

だが多恵は、自分がだらけていると思ったことは一度もなかった。仕事はきちんとやるし、家事も人並み以上にこなす。約束の時間は守るし、記憶力もいい。親しい人の電話番号はすぐに覚え、いちいちアドレス帳を覗かなくても電話をかけることができる。健康に問題があるわけでもなかった。食欲もあるし、若い頃から生理が不順になったことすらなく、どこをどう調べても健康そのものである。何度か内科で診てもらったが、ただ眠たいだけ、というのでは話にならず、医者は姉と同じようなことを言い、笑いながらビタミン剤を処方してくれただけだった。

頭の中のどこかの螺子(ねじ)がゆるんでいるのだろう、と多恵は思っている。生まれつき、ゆるんでしまっているのであり、もうどうにもならない。

最近になって、姉は何かというと、「恋をしていないからよ」と言ってくる。恋のひとつでもすれば、気持ちがしゃきっとして、見違えるようになるわよ、と。

姉は多恵より二つ年上で、今年四十八になる。一人息子がいるが、大学を出て就職した後、金沢に転勤になり、めったに東京に帰らない。

一年ほど前、姉は秘密の恋におちた。相手は金沢に住む、三つ年上の旅館経営者である。息子の様子を見に行く、と言っては姉は金沢に行き、息子ではない、その男に会っている。

互いに家庭をもっている者同士の恋が一番安全なのよ、と言いながら、姉は夫に情事がばれて大もめになった時のことを想像しては、ロマンティックな夢を追っている。

あんたも恋をしなさい……多恵は姉からそう言われるたびに、黙って笑い返す。

金沢の男とどんなふうに夜を過ごすのか、姉はことあるごとに多恵に教えてくれる。あけすけな情事の打ち明け話は、時に聞くに耐えないほど露わになるが、それでも多恵はにこにこして聞いている。

姉にも誰にも言っていないが、離婚後、多恵は一度だけ恋をした。

もう十三年も前のことになる。烈しいが、静かな恋だった。もう二度と、あんなことは起こらないだろう。起こるはずもない。

四十六になった多恵は、今も変わらず、まどろむような毎日を送っている。年をとったというだけで、毎日が眠っているように過ぎていくのは何ひとつ若い頃と変わらない。

だが、十三年前の夏に知ったことは、今も多恵の子宮の中にひっそりと眠っている。

多恵の子宮は、赤ん坊ではない、男の肉の襞を孕んで、眠っているのである。

あれ以来、現実と虚構の境界線は、以前にも増して曖昧になってしまった。そして多恵はもう、どこにいても、何をしていても、湿った生温かい肉の襞にくるまれている自分しか感じない。


多恵が三十三歳になった年の七月のことだった。

梅雨が明けたばかりの暑い日、午後遅くなってから、多恵は新宿にある出版社に出向いた。教育書と文芸書を中心にした出版物の多い中堅の出版社である。建て替えられたばかりの社屋は、一面の白壁が眩しくて、何やらよそよそしい印象だった。

児童書の校閲の仕事を多恵に紹介してくれたのは、学生時代からの友人、令子だった。夫の小堀が勤める出版社が校閲のアルバイトを探している、ギャラは大したことないと思うけど、一度覚えると安定した仕事だし、やってみてもいいんじゃないかしら……多恵の結婚生活が破綻しかかっていることを知った令子は、さりげなくそんなふうに言って、多恵の将来を案じてくれたのだった。

離婚して実家に戻っても、小遣い銭程度は自分で稼ぎたかった。母はすでに亡くなっており、当時、停年を迎えたばかりだった父の蓄えに頼ることは可能だったものの、父にはあまり負担をかけたくなかった。多恵はすぐに、その話に飛びついた。

校閲は未経験だったので、しばらく勉強をし、その後、小堀から依頼されるたびに少しずつ仕事をこなし始めた。

小堀は、児童書や子供向けの月刊誌を中心に編集の仕事をしている。その関係で、校閲の仕事と言っても、児童向けの出版物が殆どだった。

仕事はある時もあれば、ない時もあった。多い時は月に三度。少ないと三ケ月に一度ほど。小堀から連絡があるたびに、多恵は出版社に出向き、印刷されたゲラを受け取って、小堀と簡単な打合わせをした。

嘱託扱いにもならない、ただのアルバイトなので、お茶も出ない。編集室に出入りすることは許されても、応接間を使わせてもらうことはできない。約束の時間に訪ねて行っても、時に小堀が会議中だったりして、ロビーで長い時間待たされることもある。

小堀にしてみれば、妻の友人ということで邪険にはできないし、かといってさしたる世間話があるわけでもなく、時に困ったような顔を見せることもあったが、多恵は気づかないふりを装った。多恵とて、仕事の話以外、小堀と話すこと、話したいことは何もなかった。

学生時代、美人で有名だった令子は、小堀と結婚してから休む間もなく妊娠をくりかえし、その頃すでに三人の子持ちだった。遊びに来てよ、と言われてもどこかしら煩わしいような気もして、足が遠のいているうちに、共通の話題が残り少なくなっていった。令子本人との話題も少ないのに、その夫である小堀と交わせる世間話といったら、タカが知れていた。

その日も同様で、新しく受け取ったゲラを前に打合わせを済ませてしまうと、とりたててもう何も、話すことはなくなった。児童書業界の話をぽつりぽつりと続けていた小堀が煙草を吸い終えたら立ち上がるつもりで、多恵はロビーのガラス張りの窓の外をぼんやり眺めていた。

少し前までよく晴れていたというのに、にわかに外が暗くなり、ガラス張りの窓に、ぽつりとあたるものがあった。

夕立ですね、と小堀は、眼鏡をかけた丸顔を窓の外に向けながら言った。「朝から変に暑かったからなあ。傘、持って来てます？」

多恵はにこやかにうなずき、折り畳み式の傘をバッグから取り出してみせた。

どこかで見た顔が、ゆっくりロビーを通り過ぎて行ったのはその時だった。ロビーには数人の人間がいたが、誰もがちらりとその男の姿を見つめ、次いで意味ありげに視線を交わし合った。

皺の寄ったクリーム色の半袖シャツに白いズボン。白い革ベルトを締めているのだが、胴まわりが太すぎて、ベルトはただの細い紐のようにしか見えない。

とうに五十を過ぎていると思われるのに、頭は禿げても白くなってもいなかった。少年じみた天然のくせ毛である。染めているとも思えない、やたらと赤茶けた色合いで、それは肩のあたりでくるくると小さな巻き毛を作りながら、四方八方にはねている。

太っているというよりも、重たい、という言葉がふさわしい。大きな身体は暑苦しくさえある。奥まった小さな目。酷薄そうな薄い唇。あぐらをかいた鼻。男は、じろりと睨みつけるような目で多恵と小堀のほうを見たが、すぐ視線を外し、そのままひどくゆっくりとした足取りで、玄関の外に出て行った。

「あの……今通り過ぎていった方、水島洸さんじゃないですか。作家の」

そうですよ、と小堀は言った。関心のなさそうな言い方だった。

有名無名を問わず、一日に何人も作家と名のつく人間が出入りする出版社にいれば、いちいち見知った顔を見て驚いたり、感動したりすることはないのだろう、と多恵は思った。

「なんだか少し、変わったみたいな感じがしますね。太られたのかしら。違う人かと思いました」

小堀はにやりとした。「もしかして、水島洸のファン？」

多恵がうなずくと、小堀はさして意外そうな表情も見せずに、「なにしろ、ああ見えて、女性ファンが多い人ですからね」と言った。皮肉の刺（とげ）が感じられる言い方だった。

水島洸は、若くして文壇にデビューした純文学系の作家である。デビュー作は難解で、なかなか読者をつかむことができず、しばらくの間、知名度も上がらなかったものの、四十近くなって作風が変わってからは、たちまち多くのファンを獲得するようになった。

風貌は見ての通り怪異であったが、時折、請われて出演していたテレビのトーク番組で、どちらかというと無口な、それでいてどことなく人を惹きつける独特の間合いの入った話術が人気を博した。インスタントコーヒーのＣＭにも登場したり、ＮＨＫの昼の番組にレギュラー出演したりなどして、一躍、時の人になったこともある。

男と女の間に繰り広げられる、摩訶不思議な感情の数々を耽美的に、どこかしら寂しげに描写した作風には、とりわけ女性ファンが多くついた。二度の結婚をし、二度とも離婚。その間もそれ以後も、女出入りが絶えないという、文壇では名誉ある噂が、ひとえに彼一人のものになっていた時期もあった。

その水島が、四十八歳の時、熱心なファンと称する若い女性から訴えられた。部屋に連れ込まれ、無理やり裸にされて犯されて、あげくに妊娠させられ、流産した、というものだったが、その女の父親が参議院選挙に当選したばかりの議員だったこともあり、スキャンダルになった。真相がわからぬまま時が流れたが、結局、示談が成立し、裁判には至らなかった。

水島はその間、一切、公には沈黙を守り通した。あることないこと、面白おかしく噂されることを嫌ってか、しばらく文壇の中央にも顔を見せなくなり、そのうち次第に彼の名は、新聞や文芸誌、書店に並べられる本の中から消えていった。

「水島さん、全然書けなくなっちゃったらしいですよ、小説が」小堀が、吸っていた煙草を灰皿で丁寧に押しつぶしながら言った。「そのせいでしょうね。太った、というよりも、顔に険が出た、っていうのか、なんだか形相が変わっちゃってね。身体も悪くしてるらしいですよ。あの事件以来、再起不能、ってところですか。うちの担当編集者も匙を投げてます。いくら言っても書かないで、酒びたりですからね。どうせ今日も、金の無心に来たんでしょう」

「無心？」

「相当困ってる、っていう噂です」

「あんなに才能があった方なのに」

「どんなに才能があってもね、小説家は書けなくなったら終わりですよ。冷たい言い方ですけど」

そう言うと小堀は、改まったようににっこり微笑みながら立ち上がった。「じゃあ、僕は仕事が残っているので、これで失礼します。校閲のほう、よろしく。雨に降られないうちに、早く駅に行ったほうがいいですよ。ありゃ、もう遅いか」

青白い稲妻が走ったと思うと、近くで雷鳴が轟いた。大粒の雨が、ばしゃばしゃと音をたてて降り出した。ロビーに居合わせた人々が、一斉にガラス窓の外に視線を投げた。

「小やみになるまでここにいらっしゃればどうですか。いや、そうしたほうがいいですよ。こいつはひどい雨だ」小堀が案じ顔で言った。

見知らぬ人ばかりに囲まれて、清潔な塵ひとつない出版社のロビーに座っているのは気がひける。少しくらい濡れても、地下鉄の駅まで歩くくらい、どうということはない。多恵は小堀の勧めを丁重に断って、傘を開きながら玄関を出た。

雹（ひょう）を思わせるほどの大粒の雨である。さした傘が、雨の重みでたわむのがわかる。歩いている人は殆どいない。

路面に叩きつける雨が、ストッキングをはいた足を濡らし、瞬く間に靴の中まで侵入してくる。まだ四時を過ぎたばかりだというのに、あたりは明かりが欲しくなるほど仄暗い。行き交う車は、一様に車幅灯をつけ、徐行運転をしている。

雷鳴が轟き渡る。雨があらゆる音を飲みこんでしまっている。

はね上がる雨滴に目を細めながら、飲食店が連なっている一角を抜け、地下鉄の駅に続く小さな十字路に出た時だった。角の、庇の張り出した煙草自動販売機の奥に、水島洸が所在なげに佇んでいるのを多恵は見つけた。

傘を手にしていない。明らかに雨が小降りになるのを待っている様子である。

この雨ではタクシーもつかまらないだろう。地下鉄の駅はすぐ近くだが、傘がなければ、駅まで全速力で走っても、ずぶ濡れになってしまうことは間違いない。

気がつくと多恵は傘をさしたまま、自動販売機の置かれている庇の下に飛びこんでいた。

「水島先生、よかったら、傘にお入りになりませんか」

水島は別段驚いた様子も見せず、奥まった小さな目を興味深げに瞬かせながら多恵を見下ろした。

「そんな小さな傘に？　この俺が？」水島はあまり可笑しくなさそうに、肩を揺すって笑った。「せっかくだけど、そいつは無理だろうな」

並んで立つと、巨大な象を見上げているような感じがする。背は庇に届くほど高く、からだの何もかもが大きいせいで、その迫力に圧倒され、のみこまれていきそうになる。にもかかわらず、どこかが寂しい。スコールに見舞われたサバンナの草原に、何をするでもなくひっそりと立ち尽くし、雨が通り過ぎるのを待っている、老いた一頭の象を思わせる。

ああ、確かに水島洸だ、と多恵は思った。テレビで見た水島ではない、今まさに隣に立っているのは、多恵が読む水島の作品の中にいつも顔を覗かせていた、水島洸、その人であった。

「急に降り出したから、タクシーを拾おうと思ったんだけどね。間に合わなかった。それはそうと、きみはさっき、あの出版社のロビーにいたね」

「はい」

「最近は文壇の事情に疎くなった。新人作家か何かなの？」

「私がですか？」多恵は水島を見上げ、短く笑った。「とんでもない。ただのアルバイトです。校閲の」

「そうか。ならよかった」

「どうしてでしょう」

「俺は、女の作家ってやつがこの世で一番、苦手でね」

「男の作家だったらいいんでしょうか」

「男の作家はもっと嫌いだな」

「ご自分以外はみんなお嫌いなんですね」

「冗談じゃない。俺が一番嫌いなのは自分だよ」

そう言って水島は高笑いし、大きく深呼吸してから、「実を言うとね」とつけ加えた。「さっきからちょっと具合が悪いんだ。腹が痛んで軽い吐き気がする。悪いが傘をさしてそのへんで空車を拾って来てくれないか。俺はここで待ってるから」

稲妻が光り、雨足がいっそう強くなった。

多恵は水島に向き直り、眉をひそめた。「大丈夫ですか」

「大したことはない。よくあるんだ。帰って横になればじきに治る」

言われてみれば、心なし、水島の顔は青白かった。乾いた薄い唇がわずかに歪んでいる。必死になって笑顔をとりつくろっているようなところがある。

深くは考えず、多恵は傘の柄を握りしめながら庇の外に飛び出して、空車を探した。連なって徐行運転をしている車の列に、何台かのタクシーが見えたが、空車は一台もない。地下鉄の駅の近くまで行けば、なんとかなるかもしれない、と思い、多恵は駅に向かった。

雨足が強いのと、吹きつけてくる突風のせいで、傘など何の役にも立たない。わずか数メートル歩いただけで、川底を歩いているかのように靴が水の中に浮く。

水島が身体をこわしているらしい、と小堀から聞いたことを思い出した。救急車を呼ぶほどではなさそうだが、車で病院に連れて行ったほうがいいのではないか。そう思うのだが、それもまた、さしでがましいことのように感じられる。本人の言う通り、症状は大したことはないのかもしれない。

いくら待っても空車の赤いランプをつけたタクシーはやって来ない。じりじりする思いで舗道に立ち尽くしながら、多恵は何度か、後ろを振り返った。

都会の夕暮れの風景が雨に煙っていた。水島が立っているはずの、庇のついた煙草の自動販売機のあたりは白く霞み、水島の姿は判別がつかなかった。

五分ほど過ぎた頃、地下鉄の駅の向こうの交差点を曲がって、一台の空車タクシーが近づいて来た。多恵は雨の飛沫を受けながら大きく手を回し、車を停めた。

多恵が自動販売機の前にタクシーを横づけにさせると、水島は前屈みになり、よろけるようにして乗りこんできた。

雨滴を浴びたシャツが胸に張りつき、その下に、脂肪をたっぷり湛えてたるんだ肌が透けて見えた。たるんではいたが、それは成熟しきって崩れかけた男の、何やら熟して匂い立ちそうな性の気配を漂わせていた。

「ああ、ほんとにすまなかったね。ずぶ濡れじゃないか。風邪をひかなきゃいいが」

「平気です」

「きみはどこに行くつもりだったの。近くだったら送って行くよ」

「いいえ、とんでもない。私がお送りします、お宅まで」多恵は言った。

言った途端、何故、そんなことを口走ってしまったのか、自分でもわからなくなった。そこまでする必要はないような気もしたし、反面、ただのお愛想で言っているのではないような気もした。

多恵は水島洸の作品の熱心な愛読者であった。最近でこそ、新作にお目にかからなくなったが、かつては新刊が出るたびに書店に走ったものだった。そしてその偏愛ぶりは、水島が例の事件で世間のやり玉にあげられてからも、いっこうに衰えた例がない。

その日、自分は、純粋に好きだと思って読み続けてきた作家と偶然、出会うことができた。豪雨の中、具合が悪くなってしまったと訴えるその人を、自宅まで送り届けることに何の不思議があるだろう。言い訳がましくそう考えて、多恵は自分を納得させた。

「どちらまで？」それまで黙って後部座席の様子を窺っていた運転手が、苛立たしげに後ろを振り返りながら聞いた。

「中野まで」

水島はそう言って、肉塊のごとき身体を丸めるようにしながらシートにもたれかかった。

ふと、多恵は、かつて水島を訴えたという若い娘のことを思い出した。その娘もこんなふうにして、雨の夕暮れ、腹が痛い、と訴えた水島を気の毒に思い、車を拾ってやったのかもしれない。水島が娘を部屋に連れこんだのではなく、娘が自ら、水島の部屋に行ったのかもしれない。一方、水島はそうなることを予想して、仮病を装っていただけなのかもしれない。

今日もそうなのか、といたずらに妄想を働かせてみたのだが、いっこうに警戒心は働かなかった。むしろ、いつもの覚えのある、あのまどろみのような生温かい感覚が全身に拡がっていくばかりなのが不思議であった。


多恵の父親は物静かな男である。

長年勤務した食品会社を停年退職してからは、当たり前のように家にいて、朝な夕な、趣味の囲碁を楽しみに近所の碁会所に出向くのと、たまに碁の仲間に誘われて温泉旅行に行く以外、めったに外出もしない。ふだんは庭いじりをしたり、ラジオで音楽を聴いたり、囲碁の専門書を読んだりして過ごし、多恵の作った食事をうまそうに食べて、夜九時を回ると床についてしまう。

頼んだことはきちんとやってくれるし、多恵の料理に文句をつけることもない。どれほど粗末なものであっても、出した料理はにこにこと、穏やかな微笑みを浮かべながら平らげて、碁会所の帰りなど、時々、「多恵の好きなあんころもちを買ってきた」などと言いながら、照れくさそうに駅前の和菓子屋の包みをそっと差し出す。

性格の穏やかな、おとなしい男との結婚生活に、それは似ていた。そのせいか、多恵は離婚して父親と二人で暮らすようになってから、一度も自分の暮らしに不満を抱いたことはない。

ごくたまに、亭主が出張中だから、と姉がいそいそと遊びにやって来て、親子三人水入らずで食事をしようということになる。そんな時、父は奮発して鮨の出前を取ってくれる。景気づけに、と多恵が食卓に出したビールをコップ一杯飲んだだけで、酒に弱い父はすっかり酔ってしまう。

目の縁を赤くした父が、ふいに死んだ母の話など始める。何事につけ、すぐに涙ぐんでしまう癖のある姉が、鼻をすすりあげる。開け放した茶の間の窓の外から、庭の虫の声が聞こえてくる。長年住み慣れた自分の家の匂いがしてくる。

そんな時、多恵は、もうこれでいい、何もいらない、二度と結婚はしないし、男もいらない、と思う。自分の幸福の尺度を計ろうとする気持ちなど、きれいさっぱり消え失せて、居心地のいい巣穴にまどろむヒナのごとく、くうくう、と小さく喉を鳴らしながら、とろとろとまどろんでしまいそうになるのだった。

そんな状態にあったにもかかわらず、自ら水島を求めていったのは何故だったのか、と多恵は今も時折、不思議に思う。

初めから水島の書く作品の中に、巣穴のごとき安らぎの匂いを嗅ぎ取っていたのか。

それとも、雨に濡れながら草原に佇むはぐれ象の寂しさが、多恵自身に伝わったせいなのか。

あるいはまた、水島の胸にぴたりと張りついた濡れたシャツを通して、男の肉襞が透けて見えたからなのだろうか。その肉の襞に取りこまれてみたい、と最初から望んでいたからなのだろうか。

水島を中野のマンションまで送って行った次の日の午後、多恵は何か得体の知れないものに衝き動かされるような気持ちにかられ、再び中野の水島の部屋を訪ねた。

水島は部屋にいて、多恵を見ても何ひとつ驚いた表情はしなかった。

「昨日のタクシー代、あんなにいらなかったんです」多恵は抑揚をつけずに言った。

「いただき過ぎでしたので、お返しにあがりました」

前日、マンション前で車から降りる時、水島は多恵に五千円札を手渡して、これで適当なところまで行って料金を支払うように、と言った。多恵は水島と別れた後、中野駅前で車を降りたため、釣銭が手もとに残った。それを返す、という名目の訪問であった。

「律儀なんだね」

水島はそう言い、いかにも不機嫌そうな、だるそうな目をしながら、頭の毛をがりがりと掻いた。「わざわざ届けに来たのか、この暑い中を。今どき珍しい人もいるものだ」

水島は白いランニングシャツに、ウエスト部分がゴムになった黒の薄手のスウェットパンツ、といういでたちだった。何かがいっぱい中に詰まっている、としか形容できないほど、不健康に脂肪をためた胸と腹。二の腕は多恵の太腿ほどありそうで、髪の毛と同じく、赤茶けた体毛に被われていた。

廊下を塞いでいるその大きな身体の向こうに、リビングルームとおぼしき部屋がわずかに覗き見えた。西日が当たるらしく、カーテンを閉めきっているようで、何かこもったような色合いの黄色い光が、室内にどんよりと溜まっていた。外廊下にまで、クーラーの冷たい空気が流れてくる。

「駅前でアイスクリームを買って来ました」多恵は手にしていた箱を軽く掲げてみせた。「甘いものはお嫌いかもしれませんが、もしもまだお加減が悪いようでしたら、こういうものでも少しは栄養になるかと思って……」

日当たりの悪い外廊下に、油蟬の鳴き声が響きわたった。水島は黙っていた。光を失った目が、多恵を見つめ、薄い唇が真一文字に閉じられた。

多恵はかまわずにごそごそと、手に下げたポリ袋の中をまさぐった。「それから、すごく恥ずかしいんですけど、こんなものも買って来ちゃいました。このアルミ箔のお鍋に、中身を袋から出して入れて、そのままガスにかけていただければ、熱い鍋焼きうどんが食べられます。インスタントなんですけど、割合おいしくて、私と父の好物なんです。昼間、私が外に仕事に出ている時なんか、父は一人でこれ作って食べてます。三日間くらい日持ちしますし、便利ですので、召し上がってください」

うどんが入ったポリ袋とアイスクリームの小箱を、多恵は水島に差し出した。「そのポリ袋の中に入っている封筒に、昨日のお釣りをまとめて入れておきました。ええと……あの……お身体の具合、いかがでしょうか」

「もうなんともない」水島は、それまで止めていた息を一気に吐き出すような勢いで言った。「昨日は悪かった。びしょ濡れにさせてしまったね」

「そんなこと、平気です」

「せっかく来てくれたんだからな」水島はそう言い、わずかに背筋を伸ばした。「よかったらあがりなさい」

水島の奥まった小さな目が、それとはわからぬほど微かな輝きを放った。緊張感はなかった。むしろ、呼吸が穏やかになって眠りにおちる時のような、そんな和らいだ気持ちが多恵を包んだ。

多恵はこくりとうなずき、次に気づいた時はもう、水島の後に続くようにして部屋にあがり、買って来たばかりのインスタントの鍋焼きうどんを二つ、台所のガスコンロの上に並べていた。

「名前は」と初めて聞かれた。

アルミ箔の鍋に入った、湯気の立つ鍋焼きうどんを水島と並んで食べている時だった。

四人掛けのダイニングテーブルの上には、ひからびた紅茶のティーバッグだの、古い日付の薬の袋だの、底のほうにわずかに茶色い液体が残っているウィスキーの瓶、爪楊枝、鋏、煙草の空き箱、下痢止めの薬の瓶、ボールペン、コーヒー滓の残ったマグカップ、焼酎の空き瓶、ノート、本、汚れたコップ……ありとあらゆる細々としたものが散らばっていて、二人分の食事のスペースを作ることができたのは、奇跡のようなものだった。

多恵が名乗ると、水島は「多恵か」と前を向いたまま呟いた。「幾つ？」

「三十三です」

「親父さんと暮らしてるようだね」

「母が亡くなって……私は離婚してますから」

そう、と水島はそっけなく言い、ずるずると音をたててうどんをすすった。

水島の首から胸にかけて、汗が幾すじも光っていた。ふやけたような白茶けた肌だったが、そうやっている水島は、年齢のわからない動物のように見えた。

古いマンションだった。十二畳ほどのリビングルームの他に、続きの六畳の和室が一つ、他にも洋間があるようだった。

窓のない和室の中央に薄い布団が敷かれていて、今の今までそこに寝ころんで本を読んでいたのか、読みさしの厚手の本が枕元に転がっている。布団のまわりには幾つかのビールの空き缶が転がっている。肌掛け布団は薄汚れていたが、シーツと枕カバーは真っ白で、散らかった室内の中にあって、その一角だけが別の空間のように、何やらひっそりと艶めいて見える。

書斎机とおぼしきものがリビングルームの端に置かれていたが、執筆をしていた形跡はない。机の上には黄ばんだ原稿用紙や本が山のように積まれてあるだけである。

家具らしい家具はなく、他にあるものといったら、壁一面、ぎっしり本を詰めて並べられたスチール製の書棚だけ。書棚は本の重みに耐えかねてか、棚の部分がたわんでしまっている。

閉めきった黄色いカーテンの向こうに、情け容赦なく西日が照りつけている。カーテンに、ベランダの手すりのシルエットがくっきりと映っている。

そこには過去も未来もなかった。淀んだような夏の眠気が満ちている、黄色い空間があるばかりだった。

湯気の中に顔を埋めるようにしてうどんを食べながら、多恵は熱いものがこみあげてくるのを覚えた。鼻をすすり、汗とも涙ともつかぬものを指先でそっと拭った。

水島は多恵の顔を覗きこみ、ふざけた口調で聞いた。「俺はそんなに哀れか」

多恵は顔を上げ、首を横に振った。涙が頬を伝って流れ落ちた。

「じゃあ、どうして泣いたりするんだ。勝手に人のうちに押しかけて来たくせに、何が悲しい」

「悲しいんじゃありません。……なんだか嬉しくて……」

「嬉しい？」

「ええ」

「一行も小説が書けなくなった飲んだくれの小説家と、真っ昼間、並んでうどんを食べてるのが、そんなに嬉しいか」

多恵は黙っていた。黙ったまま、うどんを一本、静かにつるりとすすった。水島が勢いよく姿勢を変え、多恵に向き直った。がたんと椅子の音がした。

怖くはなかった。驚きもしなかった。不思議なほど、しんと静かな気持ちだった。時の流れが止まり、一切が黄色い夏の光の中に溶けてしまったかのようだった。

多恵はゆっくり首をまわして水島を見た。水島の唇はひどく薄く、口もとは鋭いナイフの切っ先で、切れ込みを入れた餅のようにしか見えなかった。

「嬉しかったらおかしいですか」多恵は掠れた声で聞いた。

水島の大きな喉仏が上下した。二人の視線が絡み合い、もつれ合った。多恵の身体の中に、不思議な説明のつかない炎が立った。手から、割り箸がすべり落ちた。次の瞬間、多恵は水島の、脂肪の塊のような厚い胸の中に抱きくるめられ、何ひとつ抗うことなく、ただそうなることがずっと昔からわかっていたかのような素直さで、自ら求めるように水島の接吻を受けていた。

初めて接吻を交わしたその日から、多恵は、夜となく昼となく、時間が許す限り、中野の水島の部屋を訪ねるようになった。

父が碁会所に行く時は、自分もまた外出してくる、と言い残し、中野に向かった。父が一日中家にいる時は、仕事があるからと称して、食事の支度を整えてから家を出た。水島は多恵を外に連れ出すことはなく、多恵もまた、どこか他の場所で会いたいとは思わなかった。

会えればいいのだった。会ってぽつりぽつりと言葉を交わし、濃密な接吻を受ける。それで済むはずはない、とわかっていながら、しばらくの間はそれだけの関係が続いた。

しかしその年の八月、接吻の後で多恵は自分を押さえきれなくなり、自ら着ているものを脱ぎ捨てた。水島は何も言わず、黙ったまま多恵を抱いた。

全裸になって屈むような姿勢をとると、水島の胸から腹部にかけて、無数の襞ができた。実際には襞などではなく、贅肉が作る皺と呼ぶべきものに過ぎなかったが、その肉体を被っている脂肪があまりにも厚く、一つ一つの皺があまりにも深く細かいために、それは幾重にも重なった襞のようにしか見えなくなるのだった。

寝床の中で、水島は自分の体重が多恵を押しつぶすのではないか、と気にするかのようにそっと多恵の上に乗ってきた。ごろりとした巨大な岩のような肉体だった。

脂肪が作る無数の襞が、岩のおもてに刻まれている。それを見ているだけで、そこに触れるだけで、多恵の中に切なさがこみあげてくる。眠たくなるような、うっとりするような、吸い込まれていくような切なさである。

多恵は小さく喘ぎながら四肢をばたつかせ、重たい肉塊にしがみつこうとする。その肩、その首、その腕に歯をたてる。

二人の肉体から汗が迸る。肌がぴたりと密着し、離れなくなる。多恵の身体が水島の襞の中に溶けていく。襞が多恵の肉体をすっぽりと被いつくす。

そして多恵は性の結合よりもさらに深い、闇の底に落ちていく時のような悦びを覚えて、あられもない声を上げる。水島の重みがその声を圧する。声は途切れ途切れに続き、苦痛に喘ぐ人のそれのように、宙にかき消えていく。

水島の薄い唇が多恵の汗にまみれた乳房に触れ、多恵の唇に触れる。多恵はそれを受けながら、水島の襞をまさぐる。水島の襞に自ら唇を押しつける。

そうしているうちにやがて徐々に、死にも似た暗黒の眠りが訪れて、それは昏い波間からしのび寄る無数の魔の手のように多恵を包みこみ、一切がわからなくなるのだった。

鎌倉に行かないか……或る時、水島はぽつりと言った。

肌を合わせた後、彼はいつもビールを飲む。今しがたの自分の痴態を含め、現実に起こったこと何もかもを洗い流してしまいたい、とするような勢いで飲み続け、飽きるとウィスキーをコップに注ぐ。いくら飲んでも酔わない。表情も変わらない。その時もそうだった。

「鎌倉の七里ヶ浜にね、あばら家を持ってるんだ。死んだ親父が若い頃建てた小屋でね。しばらく行ってないな。最後に行ってから、もう五、六年になる」

「別荘……ですか？」

「そんな洒落たもんじゃない。ただの掘っ立て小屋だよ。行く気があるなら、連れて行く。海が近いから、少しは涼しいかもしれない」

書く気になったのだろうか、とちらりと思った。東京を離れ、鎌倉に行くことで気分転換をはかり、そこで新たに執筆を始めようとする気力がわいてきたのだろうか、と。

だが、多恵は何も聞かなかった。水島に対して、今後の執筆予定に関する質問を発したことはなかった。水島も何も言わなかった。

「行きたいな」と多恵は無邪気に言った。「連れて行ってくれますか」

「せっかく行くんだから、すぐには帰らない。しばらくいるよ。きみは日帰りで戻ればいい」

「そんな……私も泊まります。いけませんか」

「親父さんには何て言う」

「友達と旅行してくる、って言います」

「きみがいなくなると、親父さんは食事の世話をしてくれる人がいなくなって困るだろう」

「そんなこと平気です」多恵は笑った。「あらかじめ私が必要なものを買っておけば、ご飯を炊いたり、納豆をこねたり、インスタントのだしをとって味噌汁を作ることくらい、父にもできますから」

「洗濯だの掃除だのはどうする」

「そんなことは私が帰ってからやります」

「孝行娘」

「違います。そんなんじゃありません」

「世間の父親は、さぞかし、きみみたいな娘を羨ましがるんだろうな」

「壊れた結婚生活を引きずっているわけじゃないから、私は楽です。父は手がかからないんです。あんまり喋らなくて、それでもいつも、にこにこしてる。静かでおとなしい動物みたい」

きみは、と水島は煙草をくわえ、立ちのぼる煙に小さな目をさらに小さく細めながら言った。「きみは不思議な人だ」

「どうして？」

「なんでも受け入れる。受け入れて、飲みこんで、なんにもなかったみたいな顔をして穏やかな寝息をたてる」

「まるで赤ん坊ね」

「そういう意味じゃない」と彼は言い、この話はこれまで、と言わんばかりに目を逸らして、コップにウィスキーを注いだ。

「眠たそうな顔ばっかりして、って、別れた夫にいつも叱られてました」多恵は言った。「頭の中がいつもぼんやりしてるんです。なんでも受け入れるんじゃなくて、ただ、ぼんやりしてるだけ。ぼんやりしてるから、何かに反対意見を言ったり、正しいことと間違ってることをきちんと区別したり、少しでも成長しようと努力したり、そういうことをするのが億劫になっちゃって、どんなことでも何となく受け入れてしまう。それだけです。きっと面倒くさがり屋なんです」

「本物の面倒くさがり屋ってのは違うよ」水島は面白そうに言い、琥珀色のウィスキーをぐいとあおった。「息をするのも面倒だ、って思ったこと、きみはないだろう」

「先生はあるんですか」

「いつもそう思ってるよ」

「息をするのが本当に面倒なんですか」

「うん」

「息をしなかったら、死んでしまいます」

「いいんだよ。何かをすることすべてが面倒なんだから」

「生活することも？」

「うん」

「今みたいにお酒を飲むことも？」

「そうだね」

「……私とこうしていることも、ですか」

水島は手にしていたコップを枕元の丸盆の上に置くと、横になり、片肘をついたまま、多恵を見た。

「きみとこうしている時だけ、生きてる感じがするよ」

多恵は小鼻をふくらませた。水島の手が伸びてきた。無骨な指が、どこか無関心そうに多恵の乳首を弄んだ。乳首が固くなった。多恵はその固さの奥底に、官能の渦が芽生えかけるのを感じた。

「一緒に行ってくれないか」彼は呻くように言った。「七里ヶ浜に」

行きます、と押し殺した声で言い、多恵は水島の首に両手を回して、その薄い唇に自分の唇を押しつけた。

それはまるで、廃屋のような小屋だった。別荘と呼ぶよりも、朽ちかけたあばら家と呼ぶほうがふさわしい。

玄関の戸にはもともとガラスがはまっていたようだが、割れた順に無造作に板を打ちつけていったらしく、今では、つぎはぎだらけの板戸が二枚、引き戸のようになってあるだけである。十二畳ほどの、板敷きの部屋には座卓以外、何の家具も置かれていない。他には八畳ほどの洋間が一つ。洋間には文机が一つあるだけで、すりガラスのはまった窓にはカーテンもない。

風呂場だけは改装した跡があり、かろうじて白タイルの壁がつややかだったが、北向きの台所は昔のままである。流しも水道の蛇口も、昭和三十年代の風情を漂わせ、何もかもがてらてらと黒光りしている。

買って来たばかりの食料品を冷蔵庫に詰め終えると、多恵は水島を手伝って小屋の掃除をした。

窓を開け放って風を入れ、隅々まで床を拭く。押入れに入っていた黴くさい布団を取り出し、日にあてる。トイレの便器を洗い、風呂場を洗い、台所の流しを磨く。最後にもう一度、乾いた雑巾で床をから拭きし、その頃になると、すでに日は大きく傾いて、鬱蒼とした木々の狭間にある小屋は、まもなく影にのみこまれた。晩夏の頃であった。広い庭の、ぼうぼうに生えた雑草の奥で、時折、りり、と虫が鳴いた。

調味料もそろっていないのだから、手料理など何もいらない、飯なら外に食べに行けばいいのだから、と水島は言ったが、多恵は台所に立って、買ってきた蒲鉾を切り、海苔を巻いた。トマトを切り、水にさらした玉葱を刻んで載せ、貝割れ大根を散らした。それだけのものを水島は舌を鳴らして美味そうに食べてくれた。

ウィスキーの瓶を傾け、ちびちびと飲み続けている水島につきあって、多恵もまたビールを飲んだ。開け放した窓の、壊れかけた網戸の破れ目から、やぶ蚊が入ってきた。耳元で唸り続けるやぶ蚊の羽音と、海風が揺らす梢の音以外、何も聞こえなかった。

初めて水島が、例の事件のことを口にしたのはその時であった。

「恨んだことはないよ」と彼は言った。「あの女をね。可愛い顔をして大嘘つきの、誰よりも性悪の女だったけど、俺は彼女を恨まなかった」

「どうしてですか」

「面白いと思ったんだよ」

「面白い？」

「うん。手を握ったこともない男に、強姦されて、赤ん坊ができて、しかも流産した、なんて作り話ができる女は、そうそういるもんじゃない。どうせ、どこかの悪ガキにひっかかって孕ませられたことの腹いせに俺を利用しただけなんだろうけど、それにしたって大したタマだよ。俺はただ、面白いと思って様子を見てた。それだけだ」

「そしてひどい目にあった……」

「あの女のせいじゃない。あの女はただ単に、そのきっかけを作ったに過ぎない。俺はね、多恵、最初から壊れていたんだ」

「意味がわからないわ」

「全部俺のせいだったんだよ。俺自身に問題がある。いや、あったんだ、ずっと昔から」

水島は小さく音をたててコップを座卓に戻すと、おいで、と言って多恵の腕を取った。酒臭い息が多恵の顔にかかったと思うと、次にその唇が柔らかく塞がれて、多恵はもう、それだけで何かをむしょうにむさぼりたくなるような気持ちにかられ、水島の身体にしがみついた。

「俺が好きか」

「はい」

「どのくらい？」

「言葉では言えません」

多恵は水島の腕に抱かれたまま、彼の顎に指を這わせた。うっすらと汗ばんだ爬虫類の皮膚のように、水島の顎は幾重にもたるみ、湿った襞を作っていた。

「あなたの子が欲しい。そのくらい、好きです」多恵はくぐもった声で言った。

本心からそう言っているのではないような気もしたが、かといって嘘でもなく、事実、その言葉を発した途端、多恵は自分の子宮が、しゃにむに孕みたがるあまり、急激に火照り出したような感覚に襲われた。

「俺の子なんか作ってどうする」

「どうもしない」

「子供、作ったことがあるの？」

「ありません」

「じゃあわからないだろう」

それには応えず、多恵は子猫が母猫の腹に頭をなすりつけるようにして、水島の胸にぐいぐいと額を押しつけた。

「ここに入ってしまいたい。あなたのこの襞の中に。そうしたら、ずっと一緒にいられる」

馬鹿、と水島は低く言い、姿勢を変えながら多恵の唇に接吻した。

水島の大きな手が、多恵の身体の線をなぞるようにして這いまわった。あぐらをかいたままの水島に抱かれながら、多恵は彼の胸の襞、腹の襞が、現実に肉色をした大きな襞となって自分を包みこみ、飲みこもうとしているのを感じた。

身体の中に、火花が散るような快感の嵐が起こった。着ていたTシャツが脱がされた。ジーンズが下着ごと、するりと下ろされた。

ああ、と多恵は、湿った板の間の上に裸の背を横たえながら声をあげた。

それは堕落のきわみのような交合に思えた。明日もなく、未来もない。取り交わす会話は悉く無意味であり、そこからは何ひとつ、生みだされるものがない。互いが互いを殆ど何も知らずにいながら、肉体は早くも隅々まで相手を知り尽くしている。言葉は途切れ、不要なものとなり、男と女の重なり合った、切ない喘ぎ声だけが残される。

にもかかわらず、多恵にはそのすべてがいとおしく、神々しかった。水島の肉体、その襞、幾重にも重なった、そのたるみ、その脂肪……すべてが高貴であった。

水島の手持ちの金は、殆ど底をついていた。そのことを多恵はよく承知していた。誰かの援助なしに、この七里ヶ浜の小屋から、東京に戻るための電車賃にも事欠くであろうことはわかっていた。

行くところまで行く、というのは、こういうことを言うのだろうか、と水島に烈しく突かれながら、多恵はぼんやり考えた。

好きだ、とか、愛している、とか、惚れる、などという表現が、稚気に等しい言葉のように感じられた。肉が肉によって飲みこまれる時の感覚以外、男と女の、雄と雌の、命と命の睦み合いはないようにも思えた。

肉塊が多恵の上でリズムを刻んでいる。阿呆のような、ただの肉の塊である。その悲しい重みが、多恵を貫き続ける。襞が迫ってくる。多恵はもう、襞の中にいる。死ぬわ……と思わず口に出し、そのあまりの愉楽に、多恵は両手で顔を被って泣きだした。

水島の呻き声が長く続き、やがて彼は静かになった。彼の身体は水を含んだ綿のごとくさらに重みを増していき、彼は死に瀕した獣の、最後の吐息のような深いため息を一つつくと、ごろりと音をたてて床の上に仰向けになった。

電灯を消したままの部屋は深い闇に包まれていて、どれほどの時間、うとうとしたのか、わからない。庭の叢（くさむら）で鳴き続ける虫の声が、夜のしじまに滲んでいて、庭のはずれの、一本しかない松の木の枝に、冴え冴えとした丸い月が懸かっているのが見えた。

ふと身体を動かして水島を見ると、彼は闇の中で目を開けていた。瞳が仄暗い湖のように潤んでいた。

「何を見ているの？」

「月だ」

「あんなに丸くて……今夜はお月見だったんですね」

「波の音がする」

多恵は耳をすませた。虫の声以外、聞こえなかった。

「いい気持ちだ」

草の匂い、夜露の匂いがした。多恵はゆっくり瞬きをしてから、目を閉じた。とろとろとした、生温かい眠気だけがあった。考えるべきこと、忘れなければならないこと、覚えておかねばならないこと、憂うべきことは何ひとつないように思えた。そこにあるもの、感じることができるものがすべてだった。

多恵は水島の胸の肉の中に顔を押しつけ、そのままの姿勢で眠りに落ちた。

翌日、昼近くなって多恵が目を覚ました時、水島はまだ寝ていた。

醤油だの、塩だの胡椒だの、幾つかの調味料を買いに行く必要があった。調味料がそろってさえいれば、金をかけずに小屋で食事をとることができる。多恵は着替えて外に出た。

徒歩で七里ヶ浜の駅の近くまで行き、買物を済ませた。自分がこのまま東京に戻らずに、これから一生、死ぬまで、この七里ヶ浜で暮らすことになるのではないかと思い、怖いような快感を味わった。

帰り道、公衆電話が目に入った。ふと思い立って実家の父に電話をかけた。父ではなく、姉が出てきた。様子がおかしかった。

前日の夕方、碁会所で碁を打っている最中に倒れ、父は救急車で病院に運ばれたという。軽い脳卒中ということだった。

しばらく入院し、検査を受けさせたほうがいいって言われたの、意識ははっきりしてるんだけど、なんだか元気がなくて、今にも死にそうに見えるのよ、と姉は言った。

「あんたの行き先がわからないし、下着だとか何とか、いろんなものが必要で、たった今、こっちに来たところよ。どこにいるの？　帰って来るわけにはいかないの？」

晩夏の太陽が、ぎらぎらと照りつけていた。眠いというよりも、気が遠くなるような気持ちがした。多恵は、「帰るわ」と言った。

小屋に戻ると、水島は起きて煙草を吸っていた。背を丸め、外の光に目を細めて煙を吐いている水島は、ひどくやつれ、群れから離れて死を待つ、山奥の大きな老猿を思わせた。

事情を話すと、水島は「帰りなさい」と言った。

「また来るわ。すぐ戻って来ます」

「来なくていいよ。お父さんの傍にいてやりなさい」

「戻って来ちゃいけませんか」

「そうは言ってない」

「戻って来てほしくないんですか」

「そういう意味じゃない、と言ったろう」

駄々っ子のように甘えてみたくなり、多恵は水島の膝ににじり寄った。「私が好きですか」

「好きだよ」

「どのくらい？」

ははは、と水島は乾いた笑い声をあげた。「俺の口真似をするな」

「聞いてるんです。どのくらい私のこと、好きですか」

黙ったまま、フィルターが唾液まみれになった煙草をもみ消すと、水島は多恵の頭を撫でた。「今ここで、きみを抱いて、そのまま死にたいと思うほど好きだよ」

「抱いてください」

だが水島の目は曇っていた。そこに情欲の光は何もなかった。彼はただ、じっと多恵を見下ろして、その頭を撫で続けただけだった。

父の容態に心配な点は何もないことを確認してから、翌日の午後遅く、多恵は七里ヶ浜に戻った。小屋には鍵がかけられていて、水島の姿はなく、玄関の板戸のどこを探しても多恵あてのメモは見つからなかった。

あの日もしも、父が倒れなかったら、と多恵は今もよく考える。父が元気でいたら、東京に戻る必要もなくなり、自分はずっとあの小屋にいただろう。あの晩は、板の間の座卓に向かい、二人でまた飲み続け、交わり続けたことだろう。

水島はそれでも、死ぬことを考えただろうか。

水島と連絡が取れなくなってから三週間後、金木犀の芳香があたりを包む季節になって、多恵は新聞で水島の死を知った。

松の枝に月が懸かっているのを一緒に眺めた、あの古ぼけた小屋ではなく、かといって、来る日も来る日も、共に煎餅布団の中で交わり続けたあの中野のマンションの一室でもない、水島は多恵の知らない丹沢の山に入って、彼の体重を支えきれるだけの太い木の枝を探し出し、そこで縊れたのだった。

水島の死を知った時、多恵の耳の奥に、聞こえるはずのない波の音が聞こえ、目の奥に、見えるはずのない肉の襞が見えた。耳元で波の音が大きく砕けた。

だが、それだけだった。多恵はすぐにまどろむような意識の中に逃げこんで、以来ずっと、水島の肉の襞の中で生きている。

堕(お)ちていく

〝淪落〟というむずかしい言葉を知ったのは五年前のことです。

友人の景子から教わった言葉です。ちょうど近くに何の紙もなかったものだから、景子はやおら、朝刊にはさまっていた折り込み広告を裏返しにすると、そこに黒いボールペンで「淪落」と大きく書き、〝りんらく〟と振り仮名を振ってくれたのでした。

「早い話が、堕落、っていう意味よ」と景子はいつもの景子らしい、だるそうな言い方でそう言うと、薄い唇に煙草をくわえ、安物のライターで火をつけました。「でも、堕落、って書くよりも、淪落、って書いたほうが感じが出るでしょ。同じ堕ちていくんだとしても、こっちのほうがなんだか凄味があってきれいだしね。昔からこの言葉、好きだったの」

淪落、と景子の男っぽい字で書かれた折り込み広告には、近所のドラッグストアのバーゲン広告が載っていました。各社生理用品大幅値下げ、と毒々しい赤い字で、斜めに大きく印刷されていたのをよく覚えています。

私は名もない短大を出ただけの、何の教養もない女です。本を読むのは昔から大好きでしたが、もともと頭がよくないせいか、小説を読んでも物語やそこに描かれていたテーマなどはすぐに忘れてしまいます。覚えているのは、内容に関係のない、つまらない小さなシーンばかりで、それすらうまく言葉に表現できず、ひどい時には作者の名前やタイトルもきれいさっぱり忘れてしまい、景子から呆れられています。

同じ高校を卒業した景子は、いつも学年でトップクラスの成績を保っており、当時は文芸部の部長をしていました。ほっそりとした美人でしたが、硝子のかけらを思わせるような冷たい印象もあって、あんなにきれいだったのに男子生徒からは意外に敬遠されてもいたようです。

私は華道部に所属していて、文芸部とは何の接触もなかったのですが、高校三年の時の文化祭で、華道部が文芸部の、作品発表に使用する教室に花を活けることになり、それがきっかけで景子と親しく話をするようになりました。

私がよく小説を読んでいるということを知ると、景子はいろいろな本を貸してくれました。二人で学校帰りに遅くまで小説の話をしたり、休みの日に映画を観に行ったり、喫茶店にコーヒーを飲みに行ったり、そんなつきあいがゆっくりと始まりました。

卒業後、景子は国立大学の文学部に進みましたが、三年になった年の秋に、景子の父親が急死しました。早くから母親とも死に別れていた一人っ子の景子は、一人になってさばさばした、と強がりのようなことを言い、何を思ったか、退学届を出すなり、あっさり大学を辞めてしまいました。

都心の一流会社にでも就職するか、あるいは、大学の研究室に残るかして、将来に何の不安もない優秀な男と華燭の典をあげるのが誰よりも似合っていたはずなのに、大学中退後、景子が勤め始めたのは、名もない小さな部品製作会社でした。トランジスタラジオの部品を作っていた下請け会社です。彼女はそこで熱心に労働組合の活動もしていたようですが、私になどそんな話をしても興味を示さないだろう、とでも思っていたのでしょう、詳しく話してくれたことはありません。

それにしても、いったい何故、あの知的で教養あふれる美人の景子が、私のような人間を親友に選んだのか、選んだだけではなく、中年と呼ばれる年齢になってなお、親しくつきあってくれているのか、今ひとつ、よくわからないところがあります。

景子にとっては私が、自尊心を満足させるのに最適な人間だったのかもしれない、と思ってみることはよくあります。とてもきれいで頭のいい人ではありましたが、景子にはおいそれとは人を寄せつけない頑さと冷たさがありました。

同性には、お高くとまっている、と思われがちだった人でもあります。誤解されやすかったし、その意味では気の毒でした。でも私は景子のことを心底、偉いと思っていたし、そんな私を景子は半ば見下しながらも、憎めないと思ってくれていたのかもしれません。

　私は景子から様々なことを学び、景子は私相手に自分の知性と教養を存分に発揮して、それでお互い、満足していました。よくある親しい女同士のように、あれこれ具体的な日常のつまらない出来事を教え合い、報告し合うということは決してなかった。

　景子は、勤め先の上司だった人と長い恋愛期間を経て、二十九歳で結婚しました。その時、私はすでに結婚していたのですが、もちろんそれぞれの夫や家族について知ってはいながら、私たちが互いの配偶者について、あるいは日常生活の細々としたエピソードについて、女同士の気のおけない話をし合うことはめったにないのです。

　たまに会えば、小説の話だの、昔読んだ詩の話だの、映画の話だの、学生のような青くさい話ばかりを交わし、時には喋るのが面倒になったらしい景子が黙りこんで、私もまた、ぼんやりと想像の世界に遊びながら音楽などを聴いている。せっかく会ったというのに、そんなふうにして時間が過ぎていくこともありました。

　それはお互いに四十八歳になった今も変わることはありません。景子とはそんなふうにして、つかず離れず、一風変わった友情を育んできたわけですが、私は少なくともそんな景子のことが好きだったし、今も大好きなのです。

　だから、五年前のあの日、折り込み広告の裏に「淪落」と大きくボールペンで書いて、どこかしらぼんやりと、空の彼方でも見るような目をしながら秘密の打ち明け話をしてくれた時の景子のことが、私にはとてもよく理解できる。

「ねえ、奈津子」とふいに景子は私の名を呼びかけるなり、いきなり切り出したのでした。梅雨に入ったばかりの、朝から雨が小やみなく降り続いていた日のことです。

「実はね、私、カズさんと結婚してから、長い間、カズさんに隠れてつきあってた人がいたの」景子はそう言って、反応を窺うように私の顔をじっと見つめました。

カズさんというのは景子の夫です。会社の組合の書記長をしていた人で、景子とは言わば同志間に芽生えた恋で結びついた間柄でした。二人が結婚して十三年たっていました。景子が言うには、結婚生活十二年のうち、九年間もの長い間、夫に隠れて交際していた人がいて、ついこの間、その人と別れたばかりなのだということでした。

景子はその時、四十二歳。夫は四つ年上の四十六歳。二人の間には、八つになる娘がいました。夫の給料だけでは暮らしむきが大変だ、というので、景子は長い間、週に二度、夜だけ渋谷の英会話学校に英語を教えに行っていました。

英会話学校で知り合った男の人なのかもしれない、とふと思いましたが、口にはしませんでした。景子は具体的な打ち明け話をすることを避けたがる人でした。何がどうしてどうなった、という事細かな打ち明け話には何の意味もなく、意味があるのはその事実に遭遇した人間がどう感じたか、何を考えたのか、ということだけ……というのが景子の昔からの持論でした。私もその通りだと思います。

「こんな話、誰にもするつもりなかったし、昔の私だったら誰にもしないでいられたんだろうけど……変ね。奈津子にだけは聞いてもらいたくなっちゃった。何の後腐れもないはずだったのよ。事実そうだったし。でも、いざ別れてしまうと、ぽっかり身体の中に穴が空いちゃって、どうやってその穴を埋めればいいのか、見当もつかないの」

思想的に深く結びついた人と結婚して、子供にも恵まれ、貧しいけれど幸福な暮らしを続けていたはずの景子はそう言って、少し白髪が出始めた髪の毛をうるさそうに指でかき上げると、どこか寂しそうに笑いました。

相手は何をしていた男なのか、年は幾つなのか、家庭をもっている男なのか、どんなつきあいをしていたのか、思っていた通り、景子は何ひとつ私に教えてくれませんでした。その代わりに景子が口にし、広告の裏に書いてくれたのが、「淪落」という言葉だったのです。

「堕ちていきたかったの」と景子は言いました。「これまで自分は、誰にも後ろ指さされない、まっとうな生き方をしてきたんだ、って思えば思うほど、一度でいいから、最悪の形で堕ちてみたくなった。だから初めは意図的だったわ。あんなに優しくて真面目なカズさんを裏切って、平和な結婚生活をぶっ壊すことばっかり夢見てた。できっこないくせにね。でも、カズさんに女がいるわけでもない、カズさんが博打に狂ってるわけでもない、相変わらず家計は苦しいけど、なんにも起こっていない穏やかな日常生活っていうのが、急に怖くなったの。ぽかぽかと日のあたる庭に洗濯物なんか干して、なんにも考えないでいられる状態、っていうのがね、なんか、かえって、自分が汚れていくような気がしてたまらなくなった」

「汚れる？」私は聞き返しました。「どういう意味？」

「うまく説明できないんだけど……何て言うのかしらね、正しくて健全で、神聖な空気の中に居続けると、かえって自分が汚れていくような、そんな気持ちがすることって、奈津子、経験したことない？　自分だけ安全なところにいることは、何かをごまかしてることになるのかもしれない、っていう気持ち。とことんまで堕ちていって、汚れきって、堕ちきった時にこそ、本当に神聖なものに触れることができるのかもしれない。それまで見えなかったものが見えてくるのかもしれない、ってね、こういう話って青臭く聞こえるかもしれないけど、ほんとにそう思ったのよ」

だから夫の他に男を作った、と景子は言うのです。作ったばかりではない、ほんのひとときの情事のつもりでいたのが気持ちが移ってしまい、それどころか互いに烈しく溺れ合って、しかもそれが九年もの長い間、続いてしまった、と。

「でも、誤解しないで。うちの娘はその人との間にできた子じゃないのよ。正真正銘、カズさんとの間の子。でも、妊娠中も私、その人と会ってた。乳首が黒くなって、お腹が大きくなっていっても、会わずにいられなかったの。生まれてしばらくは子育てに大変で会えなくなってしまったけど、空白期間があったのはその時だけよ。その後、また頻繁に会うようになって、出産前と全然変わらないつきあいになった。カズさんに知られないように、英会話学校の仕事の帰りを利用して会い続けてた」

その話を聞いたのは、景子の住む質素なアパートに久しぶりに遊びに行って、紅茶をごちそうになっていた時でした。景子の娘はまだ学校から帰っておらず、窓の外は雨で煙っていて、軒先の丸い物干しには少し汚れた雑巾が一枚、吊るされていました。

「でもこの九年は幸せな九年だったな」景子はそう言って、なんだか少女のように見える幼い微笑みを浮かべました。「私の魂はこの九年間、半分以上彼のほうに向いていて、にもかかわらず私は家庭を壊さなかったのよ。赤ん坊を生んで、育てて、カズさんとセックスして、カズさんといろんな話をして、カズさんの隣でカズさんに寄り添うようにして眠って、ずる賢く私は私の家庭を守り抜いたの。カズさんはなんにも気づかなかった。一度だけだけど、その人とセックスした日の晩、家に帰ってカズさんを受け入れたこともあったわ。いつもと変わらないふりをして。私はね、自分の都合上、汚らしく自分の秘密を守り抜いたのよ。淪落、って言葉がずっしり重たく響いてきたのはその時だった。淪落、っていうのは、本当はこういうことを言うのかもしれない、って思ったの」

目を洗われるような思い、とでも言うのでしょうか。私は景子の言葉にうたれました。好きでもない男と何度も寝たり、いろいろな雑誌に載っているような、電話一本で知り合った男と外で会い、意気投合したらホテルに行ける、というシステムに頼って遊び狂ったり、飲みに行った先で見知らぬ男に色目をつかってはホテルに誘いこんだり、そういう種類の堕落は、なんだか陳腐で薄汚い。そんなことをして、自分は堕落を楽しんでいるのだ、などと自慢している女は、ただのつまらない、頭の悪いけだものです。

でも、景子が言っているのは、同じ堕落でも意味の違う、何と言えばいいのか、魂の堕落……とでも言うのか、そういうものではないか、と私には思えました。いつか自分もとことんまで魂を堕落させてみたい、見なくてもよかったものを見てみたい、知らなくてすんだものを知ってみたい……生理用品大幅値下げの広告の裏に書かれた、「淪落」という文字を眺めながら、私はあの瞬間から、うすぼんやりとではありますが、そんなふうに思うようになったのでした。

夫の学生時代からの友人である野口さんと、突然、あんな関係に陥ったのも、景子から聞いた「淪落」という言葉が頭の片隅にひっかかっていたせいかもしれない。長い間、自分の中でその言葉の意味することを反芻してきたせいかもしれない。そんなふうに思うことが今もあります。

男と女の間には、説明がつくことなど何ひとつない、とかつて景子から聞いたことがあります。本当にその通りです。誰かに真顔で、「どうしてあなたは、夫の友人とそんな関係になってしまったのか」と質問されても、私は答えられなかっただろうし、それは今でも同じです。

好きになってしまったから、と言うのはあまりにも単純で、そういう当然すぎる答えの中には必ず自分を都合よく肯定するための嘘が隠れているような気がするし、かといって、くどくど説明できるようなはっきりした理由があったわけでもないのです。

私はただ、嵐のように野口さんとの肉欲に溺れ、溺れついでに「淪落」という言葉を何度も頭の中で繰り返していたに過ぎない……それだけのことのような気もするのですが、だったらあれは恋ではなかったのか、と問われれば、断じて恋ではなかったとは言いきれない。それどころか、あんなに烈しい恋はなかったようにも思えてくる。

事実、私には寝ても醒めても野口さんのことばかり考えていた時期があるのです。そのせいであまりにもぼんやりしていたものですから、うっかり茶碗を割ってしまったり、話しかけられても上の空だったりして、夫に「最近、なんか、おかしくないか」と言われ、ひやひやしたことさえありました。

それでいながら、あれは恋の名を借りた肉欲そのものだったようにも思える。野口さんに対する官能的な気分があまりにも強くなりすぎたため、どこかでブレーキをかけるために、やおら恋心をかきたてて、そこにすがっていたような気もしなくもない。

中年女の色狂い……自分でそう結論づけ、ひとりでお風呂に入っている時など、湯に浸った自分の、まだ少しは弾力を残している乳房を見下ろしながら、その乳首を舌先で転がしている野口さんの顔とか、その時、全身をかけめぐった快感の渦だとか、そんなことばかり思い出してしまう自分に嫌気がさしたこともあります。

何が真実だったのか、自分でもよくわからない。わからないなりに私はあの時期、〝淪落〟という言葉の意味を毎日毎日、飽きずに考え続け、考えながら野口さんと逢い引きし、野口さんと肌を合わせて、苦しみや罪悪感が生み出す切ない悦びに浸っていたのでした。

あれは今からちょうど二年前、私が四十六になった年の夏のことです。そろそろ夜になると涼しさを感じ始める頃合いだったから、もう九月になっていたかもしれない。

金曜日の夜七時過ぎでしたでしょうか、久しぶりに自宅に野口さんから電話がかかってきました。

夫の牟田と野口さんとは古い古い、本当に古いつきあいになります。男同士の友情と呼ぶのがぴったりの、見事に息の合った羨ましいほどの関係でしたから、どちらかが忙しかったり、そういう気分になれなかったりした時など、三ヶ月でも半年でも平気で連絡を取り合わないことがよくありました。そのくせ、ひとたび顔を合わせた途端、昨日まで一緒に寝食を共にしていたような親しさで会話がはずみ、私は何度も、これが本当の友達というものなのかもしれない、と感心させられたものです。

私は「わあ、懐かしい。久しぶりね」と声をあげ、私たちはしばらくの間、よもやま話に花を咲かせました。

「へえ、牟田は昨日からマニラ？　ちっとも知らなかった」

夫の牟田が急にマニラに出張になった話をすると、野口さんはそういいました。「で、いつ帰るの」

「来週の金曜日。二度と行きたくない、最後にしたい、って言ってたわ。あの人、飛行機が嫌いでしょ。出発の二、三日前から青い顔してるの。自分が乗った飛行機は必ず落ちると思いこんでるんだから。私には言わないけど、絶対にどこかに遺言を残してるはずよ」

野口さんは、そうかもしれない、と言ってげらげら笑いました。「ひょっとすると、なっちゃんの知らない隠し子だの愛人だのの名前がずらりと遺言に並べてあって、その連中にも金を残す、なんてことが書かれてるのかもしれないね」

「そうだとしたら面白いけど、あの人にそんな甲斐性、あるわけないから」

「そうだよね。実を言うと僕もそう思ってる」

私が思わず吹き出してしまったので、野口さんは長いこと、受話器の向こうで楽しそうに笑っていました。

私よりも四つ年上の牟田は、大学卒業後、大手石油会社に就職しました。もともと穏やかな性格の、物静かな趣味人で、野心とは無縁の人でした。持ち前の勘のよさで会社の仕事はきちんとこなしていたものの、登山と釣りが趣味で、休みの日はたいてい山に登ったり、釣りに出かけたりしていました。

お酒は好きでしたから、つきあいは断らなかったのですが、いつもほどほどに済ませ、宿酔いになるほど飲むこともなく、適度に楽しんで、適度に飲んで帰って来る。煙草は吸わず、もちろん女の影がちらついたこともなく、その点、過去に二度の離婚歴があって、見るからに女の扱い方に慣れている野口さんとは何もかもが対照的でした。

そういう人間に限って人望を集めてしまうものなのでしょうか。四十代の半ばにして、異例の早い昇進で営業部長になってからというもの、それまでになく忙しくなってしまって、本人も嫌がっていたものです。でも、嫌がりながらも仕事は相変わらずきちんとこなし、牟田はそのストレスの穴埋めをしようと、前よりも頻繁に釣りに出たり、山に登ったりするようになっていました。

一方、野口さんはお父さんから引き継いだ大きな造園屋を経営していて、不況だ不況だ、と口では言いながら、その癖、なかなかの手腕を発揮して、安定した暮らしぶりを見せていました。夫も野口さんも、その年、仲良く五十の坂を越えていましたが、ストレスの少ない環境にいるせいか、あるいは人生を快適に過ごす術に長けているせいか、野口さんは私の目から見ても、夫より遥かに若く見えました。

女同士のおしゃべりみたいに、途切れることなく互いに近況報告をし合った後で、野口さんは思いついたように「そうそう、用があって電話したこと、忘れてた」と言いました。「牟田から借りてた本、何かのついでに返しに行くつもりでいたんだけどね、これからそっちに寄って届けてやろうかと思ってさ。それで電話したんだよ。でもまあ、いいや。急ぐことじゃないし、牟田がいないんだったらこの次にしよう」

「今どこにいるの？」

「うち。実を言うとさ、今夜は弘美も奈緒もいないんだ。鬼の居ぬ間になんとやら、でね」

弘美さんは野口さんの妻、奈緒ちゃんは夫妻の間にできた一粒種です。野口さんは二度の離婚を経て、ひと回り年下の弘美さんと恋におち、弘美さんが身ごもったのをきっかけに入籍しました。

私も牟田も、昔から野口さん一家とは家族ぐるみで親しくしていました。野口さんの最初の妻のことは私は知りませんが、二度目に結婚した人のことはよく知っています。どうして別れたのだったか……野口さんの浮気がばれて大もめにもめたせいだったように記憶していますが、その時も野口さんはわが家に来て、いやあ、まいったまいった、性懲りもなく結婚した罰があたった、とぼやいていたものです。

　野口さんが三度目に結婚した弘美さんとは、初めから大いにウマが合いました。家にいて、家の中のことをしているのが好きな私と、何が何でも外に出て行かなくては気がすまないたちの陽性の弘美さんとでは、まるで性格が違いましたが、年齢が違うせいか、弘美さんは奈緒ちゃんと共に私に懐いてくれていました。

「珍しいじゃない。弘美さんたち、パパを排除して、ふたりっきりで夜遊び？」

「弘美の実家に行ってるんだよ。弘美のおふくろさんがね、ちょっと具合を悪くしちゃったもんだから」

「どうしたの」

「いやいや、全然どうってことない。スーパーの階段で転んで、足首をねじって捻挫したんだって。ただの捻挫なんだけど、歩くのが大変らしくてさ。母一人、子一人だろう？　弘美もこういう時は、さすがに黙って見てるわけにはいかなくなるらしい」

「そうだったの。泊まりがけ？」

「うん。奈緒の学校があるから、明後日の日曜には帰って来るけど」

「食事はどうしてるの」

「僕は知っての通り、男子厨房に入るべからず、の信念を硬く守り通している旧い男だからね。とりあえず今夜はコンビニの弁当ですませるよ」

私は笑い、「ねえ、これからうちに来る?」と聞きました。「来てもいいわよ。晩ごはんに餃子を作ったの。一人じゃ食べきれないくらいの量を作っちゃった。少し手伝ってくれると助かるわ」

誘ったのは本当に軽い気持ちからでした。餃子を作り過ぎてしまったのは事実で、余った分は冷凍しておけばいいと思いつつ、野口さんが一緒に食べてくれるなら助かる、という気持ちもありました。

それまでただの一度も、野口さんを異性として意識したことなどなかったのですから当然です。せっかく作った餃子をおいしく食べてくれさえすれば、相手が野口さんであろうが、友人の景子であろうが、私の実家の母であろうが、誰でもよかった。たった一人の夕食に、山のような餃子を作ってしまう私も滑稽ですが、そんな滑稽さを一緒になって笑ってくれる話し相手がいればよかった。だからこそ、たまたま電話をかけてきた野口さんを軽い気持ちで誘えたのだと思います。

野口さんの住む家は、同じ私鉄沿線の三つ先の駅にあります。電車を利用してもすぐですし、車を使えば家から家まで十分足らず。あの晩は、初めからビールを飲むつもりでいたらしく、野口さんは車を運転せずに、電車を使って私の住むマンションにやって来ました。

駅前の酒屋で買って来たよ、と言ってバドワイザーの缶ビールが六本、ポリ袋に入っているのを私に向かって差し出すと、野口さんは何の遠慮も見せずに早速ダイニングテーブルにつきました。夫ではない、別の男が自分の家のダイニングテーブルについている、という意識は私の側に何ひとつなく、私は夫に料理の給仕をするような気楽さで野口さんに小皿や箸を運んだり、ビールグラスを運んだり、焼きたての餃子を運んだりしました。

うまいうまい、なっちゃんはほんとに料理上手だなあ、うちの弘美になっちゃんの爪の垢煎じて飲ませたいよなあ、などと言いながら餃子をぱくぱくと平らげ、ついでに作った山盛りの炒飯も片づけ、しこたまビールを飲み、野口さんはすっかり寛いでいる様子でした。

食べながら飲みながら、私たちはいろいろな話をしました。あんまり話がはずみ、笑い声が絶えなかったので、室内に流していたＣＤの音楽が何ひとつ聴こえなかったほどです。

会うのは半年ぶりで、牟田や弘美さんたちを抜きにして話をするのは初めてでもあったのですが、そのことは何ひとつ意識せずにいられました。繰り返しになりますが、私も野口さんも本当に、互いを異性として意識し合ったことなど、一度もなかったのです。

野口さんは私にとって夫の友人だったし、私は野口さんにとって、古い友人の妻に過ぎなかった。私と野口さんはもともと気が合い、夫から紹介された瞬間、私は野口さんのことが好きになったのですが、好き、というのも友達として、仲間として、という意味でしかなかったのは言うまでもありません。

どれほど意地悪く自分の胸の内を検証してみても、かつて野口さんにエロティックなものを連想したことがまるでなかった。ですから本当に、あの晩の出来事が何だったのか、何故突然、あんなふうになってしまったのか、説明しろと言われても、到底、無理なのです。

食事を終え、ビールから焼酎のソーダ割に切り換えたのをきっかけに、私と野口さんは居間のソファーに移動しました。といっても、並んで座ったわけではありません。野口さんは二人掛けのソファーに、私はその横の一人掛けの肘掛け椅子に腰をおろしました。そうするのが普通だったと思うし、意識してそうしたわけでもない。自然にそんな形で座っただけのことで、意味など何もなかった。

あれやこれや、夫の牟田の性格分析だの、五十という年齢についてだの、老いについてだの、いくらか真面目な話がひとしきり続いた後、野口さんはひと呼吸おいて、「あのさ、なっちゃん」と言いました。「一度だけ、聞いてみたかったことがあるんだ」

「改まってどうしたの」

「いや……聞くのはなんだか悪いような気がしてたから、牟田にも聞かずにきたんだけどさ」

「いったい何？」

「……どうして子供を作らなかったの？」

一拍遅れて私は呆れたように天井を仰いで笑ってみせ、どういうわけか少し気恥ずかしいような気持ちになったので、トングでアイスペールの中の氷を意味もなくかき回しました。「大した質問でもないのに……大げさねえ」

「僕は三度も結婚してるくせに、子供は奈緒ひとりだけだろ。最初の女房は若かったせいか、赤ん坊はまだいらない、って言って、欲しがらなかったし、二度目の女房との間にはどういうわけか、子供ができなかったし……。もちろん隠し子もいない。それで結局、目茶苦茶な人生を歩んできたわりには、子供は奈緒ひとりだけで済んでるんだけどさ。うーん、つまり、こういうことだよ。世の中にはすぐ孕んで、何も考えないですぐ産み落としちゃうような女もいれば、なっちゃんみたいに産まないで、それなりに人生を楽しんでいる女もいる。同じ女なのに、その違いはどこにあるんだろう、ってね、時々、不思議に思うんだ」

「簡単よ」と私は言いました。「私の場合は、できなかったの。欲しかったんだけど……でも、できなかった。卵管狭窄だとか何とか、不妊症になる原因を突き止める検査があるから、それを受けようと思ったこともあったのよ。でも、なんとなくそういうことって面倒でね。子供がいないのなら、いないでもいいじゃないか、って思って……結局そのまんま」

そう、と野口さんは言い、私を眩しそうに見つめました。「ごめん。変なこと聞いて」

「ちっとも変なことじゃない。もっと早く聞いてくれればよかったのに」

「聞けないよ、そんなこと」

「案外、照れ屋なのね」

「子供のいない女の人に、どうして子供がいないのか、なんていう質問、口にするのは失礼だもの」

「でも、私には聞きたかったんでしょ」

「……うん、聞きたかった」

「じゃあ、遅まきながら答えてあげられてよかった」私はそう言い、微笑み、野口さんもそれに合わせるように静かな微笑を返しました。

その会話がきっかけになったのでしょうか。野口さんと私が互いの中に性的なものを感じたあの一瞬に向けて、その会話こそがささやかな引き金になったのでしょうか。それは私にもわからない。

私と野口さんはそれからまた、いろいろな話をしながら飲み続け、すっかりいい気持ちになった野口さんが、「ああっ、もうこんな時間だ。帰らなくちゃ」と言って立ち上がった時、時刻は深夜零時を回っていました。

「どうする？　タクシー呼ぼうか」

「いや、いいよ。まだぎりぎり終電に間に合うし、酔い覚ましに少し歩いて行きたいから」

黒い麻のジャケットに袖を通し、野口さんはそのまま先に立って玄関まで行きました。酔っていたはずはありません。断じてなかったはずです。野口さんは底なしの酒豪だったのですから。

靴をはこうとした野口さんに靴べらを渡しながら、「今夜は楽しかった、とっても」と私は言いました。「牟田が帰ったら、電話させるわね。また会いましょう。また餃子、作ってあげる」

ふざけた口調で言ったのですが、野口さんは黙っていました。黙って靴べらを使い、黙って姿勢を正し、黙って私に向き直り、黙って私を見下ろしました。

野口さんの身体は大きい。牟田も小柄なほうではなかったのですが、野口さんは牟田よりもずっと大きく、仕事がら、肉体を使うことが多いせいか、五十歳とは思えないがっちりとした筋肉質の体型をしています。

その野口さんの太い腕がつと伸びてきたかと思うと、私の腰にかかり、次の瞬間、私は柔らかく崩れるようにして野口さんの胸の中に抱きとめられていました。

何が起こったのか、一瞬、私にはわけがわからなかった。そんなはずはない、という思いと、これは何かの冗談なのだ、という思いが交錯して、にもかかわらず、私の嗅覚は野口さんの胸のあたりの男くさい匂いを嗅ぎ分け、私の身体は野口さんの身体の中にすっぽりと、まるで定規で計ったように正確に収まっているのでした。

私は両手にわずかに力をこめて野口さんの身体を遠くに押しやろうとしながら、「だめ」と小声で言いました。

野口さんはそれでも黙っていました。黙ったまま、野口さんは私を見つめ、なっちゃん、と低く呼びかけました。

野口さんの唇が近づいてくるのがわかりました。私たちは少年と少女のように不器用に唇を重ね合わせ、その行為自体にうろたえた私が慌てて顔を離そうとすると、野口さんはいっそう強い力で私を抱き寄せてくるのでした。

「だめよ、ほんとに」私は唇を離し、かろうじて声に出して言いました。心臓の鼓動が恐ろしいほど烈しくなり、にもかかわらず私はしっかり野口さんの胸に抱きとめられていて、気がつくと言葉とは裏腹に野口さんのセーターに手を這わせ、野口さんを求めるように身体を押しつけていました。「こんなことしちゃ、だめ」

野口さんは黙ったまま、再度、私の唇を塞ぎました。荒々しいような、なんだか怒ってでもいるかのような接吻でした。

私は思わず野口さんの首に両腕を回しました。そして次に、いささか淫らな感じのする接吻が始まったのです。喉の奥から喘ぎ声がもれないよう、それ以上、相手を求めてしまわないよう、我慢している自分に気づいて、私は怖くなった。本当に怖かった。

「また連絡する」

ふいに私から身体を離すと、野口さんは早口でそう囁き、わき目もふらずに玄関のドアを開けて外に出て行きました。

私は玄関先に佇んだまま、遠ざかっていく野口さんの靴音を聞いていました。

頭の中は空っぽでした。その時はまだ、〝淪落〟という言葉を思い出しもしなかった。

十三年の結婚生活の中で、九年もの長い間、別の男とつきあい続けてきた景子のことも、もちろんマニラにいる夫のことも思い出さなかった。

私はただ空っぽのまま、ぜんまいの壊れた人形のように、だらんと両腕を下ろしながらそこに立っていただけでした。

中年の主婦が夫の友人と深みにはまる、というのは、存外、世の中に多くみられることなのかもしれません。週刊誌の記事で似たようなケースを以前、何度か読んだ記憶がありますし、第一、どう考えてもそれは不思議なことではない。男と女は、手近なところで結びつきやすいようにできているのですから、夫を介して頻繁に会っていた私と野口さんがそうなったからといって、別段、驚くには値しなかったでしょう。

ですが、ごく私的な意味において、私には自分が野口さんとそうなったことが不思議でならなかった。酒の酔いが手伝っていたとはいえ、あれほど親しくて、あれほど異性を意識し合わずにいられた相手が、ただ一度の接吻で魔法でもかけられたかのように性的存在に変わってしまう……その事実が、にわかには信じがたかったのでした。

玄関先でふいに野口さんに抱き寄せられた時に、自分にちっとも拒もうという気持ちがなかったことを思い出します。拒もうとするどころか、私はあの時、確かに野口さんを求めていた。その抱擁に溺れそうになっていた。あのまま野口さんが帰ってくれなかったら、どうなっていたかわからない……そんなふうにも思えるのです。

このままいけば確実に夫を裏切ることになる、とわかっていました。事実、玄関先での私たちのふいの抱擁は、すでに牟田に対する立派な裏切り行為だったと言えるのかもしれません。

ですが、夫婦に限らず、男と女の間での裏切り、というのがいったい何を意味するのか、実のところ、今も私にはよくわからない。相手に秘密をもつことが、すでに相手を裏切っていることになるのでしょうか。あるいは別の異性と共に人の道を外れていくこと、ひたすら限りなく堕ちていくことを称して、最大の裏切り、と呼ぶのでしょうか。

どうしようもなく人の道から外れてしまうこと、身勝手に堕ちていくことを裏切りと呼ぶならば、私と野口さんはどうだったんだろう。玄関先で抱き合って接吻した瞬間、堕ちていく感覚に、ふたりで密かに身悶えしていたんでしょうか。それとも、堕ちていく、というおめでたい錯覚を覚えていたのは私だけで、野口さんは少なくともあの時点では何も思わず、ああ、しまったな、友達の女房にだけは手を出すまいと思ってたのに、しまったな、などと後悔し、がりがり後頭部を掻いたりしていたのでしょうか。

ずっと後になって、そのことについて野口さんに質問をしてみたことがあります。野口さんは真面目な顔をして、「なっちゃんを友達の女房だと思ってたら、あんなことはできなかった」と言いました。「あの瞬間、なっちゃんは牟田の女房でも何でもなく、一人の女だった」と。

私と野口さんは、翌週、再び電話で約束し合って会いました。夫が帰国する二日前の、水曜日のことでした。

餃子を食べに来た時、野口さんが本を返してくれるはずだったのに、ついうっかり肝心の本を持ってくるのを忘れていて、それを改めて返しに行く、というのが表向きの理由だったのですが、お互い、それは口実にすぎないことはよく承知していました。

車でマンションの前まで迎えに来てくれた野口さんと横浜まで行き、夕食を共にしました。何を食べたのか、よく覚えていない。洋食だったことだけは確かですが、入った店も出された料理も、おぼろな記憶の中にぼんやり漂っているだけで、何ひとつはっきりした輪郭を残していないのです。

その席で野口さんが「部屋を取ったよ」と言ったのでした。とても自然な口調で、世間話の延長のようにそう言ったので、初めは何の話をされているのか、わからなかった。私が怪訝な顔をしたからでしょう、野口さんは私をまっすぐに見つめて「なっちゃん」と言いました。「……怖い？」

「怖いわ」

「僕もだよ」

「どうすればいいの？」

「僕のほうが聞きたい」

そして野口さんはテーブルの上にそっと手を伸ばしてくると、私の手を包みこむようにして硬く握ったのでした。

野口さんに案内されたのは、港の傍に立つ、驚くほどきれいな高層シティホテルでした。客室の窓から横浜の夜景が一望できる、そんな贅沢なホテルをたった数時間の情事のために使うなんて、少なくとも私はこの年になるまで経験したことがなかった。

でも野口さんは若い頃、かなり遊んだ人でした。外国にも何度も行っている。女房以外の女の人とそういう場所で過ごしたことも、数えきれないほどあったのでしょう。私にさりげない気遣いを見せ、さりげない冗談を口にしてくれる場馴れした野口さんを見ながら、私は改めてつくづく、何故今頃になってこの人と……という不思議な、永遠に答えの出そうにない問いを繰り返したものでした。

部屋に入ると野口さんは、言葉数も少ないまま、ベッドに私を座らせるなり、静かに接吻をしてきた。野口さんに柔らかく抱き寄せられ、愛撫されていると、もうそれだけで身体が溶けていくのです。モラルだの常識だの世間体だのが木っ端みじんに吹き飛んで、今自分が感じている快楽だけが私を支配し始めるのです。

どれだけの時間が過ぎたのか、気がつくと私はベッドの中にいて、あられもなく腰を使いながら、野口さんを受け入れていました。

こらえきれずに喘ぎ声をあげている自分を、もう一人の自分が見ていました。火照って汗ばんだ身体と身体が音をたててぶつかり合い、ベッドのスプリングがぎしぎしと鳴る音を、もう一人の自分が聞いていました。

あれほど見慣れていたはずの野口さんが、見知らぬ男に見えました。野口さんは猛々しいオスになっていた。私は名前も顔も年齢も、生きてきた歴史すらない、ただオスを受け入れるだけの女性性器と化していて、それが美しかろうが醜かろうが、もうどうでもいい、自分は性器そのものなのだ、と自意識をかなぐり捨てながら思ったものでした。

淪落……という言葉が、初めて私の中に生々しく甦ったのはその時だったような気がします。夫に隠して、九年間、別の男と肌を合わせ続けてきた景子の気持ちが、少しだけわかったような気もした。

このままどこまで堕ちていけるのか。堕ちて堕ちて堕ち続けて、底なしの闇の中を急降下していく自分が見てみたい……野口さんの腕の中で、情事の後のけだるいひととき を過ごしながら、そんなことばかり夢想していたのを今もよく覚えています。

それから私と野口さんは、月に一度ほどの割合でこっそり会うようになりました。野口さんは仕事の性格上、妻の弘美さんに気づかれないよう、私と夜の数時間を過ごしたり、あるいは真っ昼間、誰にも黙って行方をくらましたりすることができました。また、私は私で、夫の帰宅が遅い日が多かったため、昼間はもちろんのこと、夜でも比較的自由に家を空けられました。野口さんは携帯電話を持っていたので、好きな時に連絡を取り合うこともできました。

こそこそと電話連絡をし合って、いついつの何時にどこそこのホテルのロビーで待ち合わせる……などと約束を交わしている自分たちを見た人がいたとしたら、どう思うだろう、といつも考えたものです。淪落だの堕落だの、ごたいそうなことを言って笑わせる、あんたたちのやってることは、それ以前の、ただのありふれた不倫ごっこじゃないか、と言われてしまうかもしれない……そう思ったこともあります。

そしてそう思うたびに、不倫ごっこ、という言葉のもつ手垢まみれの薄汚さにうんざりしました。どうせ薄汚いのなら、もっともっと汚くなってやりたい、とも思った。不潔で汚れ果てて、もうどうにも救いようのない、ゴミのように醜い中年女になってやりたい。誰もが目をそむけるような、おちぶれ果てた、あられもない女になってやりたい。そうまでなれるのだったら、いっそ潔いではないか……そんなふうにも思ったものです。

その反面、私は野口さんに溺れていた。何よりも野口さんの肉体が好きで好きでたまらなかった。一ケ月ぶりに会って、言葉もなくその肉体に絡め取られ、淫らな接吻を受け、全身くまなく愛撫されていたりすると、もう何もいらない、もうこれで充分だ、今ここで死んでしまってもかまわない、などと思えてくるのです。

外界が遠のいて、一切が無意味になり、目の前には男の肉体があるだけで、もうそれが愛だの恋だの情事だの浮気だの、どう呼ばれようがそれすら意味を成さないような気持ちになってくる。

その瞬間の快楽は至福であり、そんな時こそ私は、自分の魂は本当に堕ちている、聖なる地獄に向かってまっしぐらに堕落し続けている、と思うのでした。

あれは翌年の一月になってからのことです。珍しく東京に大雪が降った日でしたから、よく覚えています。午後いっぱい雪が降りしきり、暗くなってからもやむ気配がなく、電車が止まったり、タクシーに乗れなくなったりして、多くの人たちが帰宅の足止めを食らった日でした。

夫の牟田が電話をかけてきたのは、その日の夕方になってからでした。その晩、夫は仕事上の会食に出なければならなかったのですが、雪のせいで帰りの足の確保が大変になるだろうから、大事をとって会社の近くのビジネスホテルを取った、ということでした。

夫との電話を終えるなり、私はすぐに野口さんの携帯に電話をかけました。会いたかったのです。次に会う約束をしていたのは、二週間後でしたが、それまで待てそうになかった。ともかく会って、話したいと思っていたことがあったのです。

生理が一週間以上、遅れていました。まさか、そんなはずはない、とは思っていましたが、ともすれば不安が芽生え、また、それと同時に甘ったるい性的な悦びが意味もなくわきあがり、何だかひどく気持ちが落ちつかなくなってくる。

これまで一度も妊娠したことのない私が、四十を半ばも過ぎて妊娠するなどと、想像してみたこともなかった。妊娠しにくいタイプであったことは、夫との間に子供ができなかったことでも証明できるのですが、ともあれ私は健康で生理も順調でした。どこといって悪いところはなく、ふつうに考えれば、まだ充分、妊娠能力はあるはずでした。いつだったか景子から「四十代で中絶手術を受ける人は、二十代に次いで多いんですって」と聞いた話が思い出されました。まさかそんなことが今さら自分に起ころうとは思ってもいなかったのですが、何だか滑稽なことになってしまったような、それでいながら、切ないような妙な気持ちにかられ、そんな時間を過ごしていると、野口さんのことしか考えられなくなってくるのでした。

「雪だけど、どこかで会える？」私は聞きました。

「どうかした？」

「別に……ただ……会いたいの」

「もちろんいいよ。会おう。僕も会いたいと思ってたんだ。どうしようか。この雪だから、出て来るのは大変だろう。近くまで行こうか。それとも……」

その晩、夫は帰って来ないのですから、話をするためだけなら、自宅に野口さんを呼ぶこともできましたが、私にはためらいがあった。それは自宅でできるような話ではありませんでした。たとえ野口さんと指一本、触れ合わせなかったとしても、そんな話を自宅でしてはいけなかった。

いかに汚らしく図々しく夫を裏切り、魂の堕落を自ら好んで抱きかかえようとしていたとしても、私には唯一、守り抜きたいと思っていたモラルがあったのです。それは野口さんとの逢い引きや、野口さんと交わすエロティックな会話のために、牟田と暮らしている自宅を使ってはならない、ということでした。

私は自宅マンションのすぐ近くにある珈琲店の名を出し、そこに来てくれるよう、野口さんに頼みました。もうタイヤにチェーンを巻いてあるんだ、準備万端だよ、すぐに行ける、と野口さんは言い、夫の帰りが遅いのかどうか、何ひとつ聞こうとはせずに電話を切りました。

そこはカウンター席と、窓際にボックス席が一つあるだけの、小さな落ちつける珈琲店でした。ジャズボーカルが一日中、店内に低く流れ、黙っていようと思えば一時間でも二時間でも、ずっと黙ってコーヒーをすすっていられる、誰にも邪魔されない店です。

夫はコーヒーがあまり好きではないこともあり、その店には興味を示しませんでしたが、私はちょくちょく買物帰りなどに立ち寄って、丁寧にいれられたコーヒーを飲みながら、髭をたくわえた物静かな初老のマスターと世間話などをしていたものでした。

私が入って行った時、まだ野口さんは来ておらず、店には誰も客はいませんでした。髭のマスターは店舗の二階に娘さん夫婦と一緒に暮らしていたので、客がいる限り、大雪でもすぐに店を閉めてしまうはずもなく、それが野口さんと話をするためにその店を選んだ大きな理由の一つでした。

私は窓際のボックス席に座り、野口さんを待ちました。ボックス席にいる限り、カウンターの奥にいるマスターに話を聞かれる心配はなくなります。ガラス窓の向こうに白く染まった舗道が見え、しんしんと降りしきる雪が見えました。

都会に降る雪は、田舎に降り積もる雪よりも哀しい。行き交う人も少なくなって、車も通らず、なんだかどんどん、街が死んでいくように見えるのです。街の灯がうすく滲んだガラス窓に、白いものが間断なく舞い降りてきて、じっと見ていると遠近感が失われてしまう。たった一人、雪の彼方の、闇の奥深く、吸い込まれていきそうになる。

やがて野口さんの車が近づいて来るのが見えました。皓々と明るいヘッドライトが、一瞬、店の中にいる私の顔を撫でていきました。

店の舗道の脇で静かに停まった車から、厚手のブルゾン姿の野口さんが降りて来て、ちらりと私のほうを見ました。少しはにかんだような微笑が私を捉えました。

夫と同じくらい長い時間をかけて馴染んできたその顔、その表情、その仕草……野口さんに向かって軽くうなずき返しながら、私は不覚にも泣きそうになった。

抱き合わなくてもいい、肌を合わせなくてもいい、そんなことは何もしないで、時々こうして会えるだけでいいし、その代わり、こういう時間が永遠に続いてくれればいい……そう思いました。年を重ね、容貌が衰え、誰も振り返ってもくれない、気にも止めてもらえないような、ただのおばあさんになってしまっても、この人とだけはこうやって時々会って、未知のものを手さぐりで探し合うような、そんな不思議なひとときを共有していたい……こみあげてくる熱いものをこらえながら、私はその時、心底、そう思ったのでした。

コーヒーを注文し、運ばれて来る間は大した話はしなかった。いつもホテルの一室で烈しく抱き合い、互いの肌に触れ合いながら過ごしていたせいでしょうか、そうやって改まったように向かい合わせになっていると、なんだかついさっき知り合ったばかりの人を相手に世間話でもしているような、そんなぎこちなさばかりが先に立つのです。

その年の春、小学校にあがることになっていた奈緒ちゃんの話が出たのをきっかけに、私は奈緒ちゃんの話ばかりし続けました。あまりにも奈緒ちゃんの話ばかりに終始していたせいでしょうか。野口さんは珍しく少し苛立ったような顔を私に向けました。

「せっかく会っているのに……もう、子供の話はやめようよ」

「奈緒ちゃんの話はいや?」

「いやじゃない。でも……今話さなくちゃいけない話でもないだろう?」

私はうなずき、目を伏せ、コーヒーを一口飲み、カップを両手で持ったまま、言いました。「ごめんなさい」

「あやまらなくてもいい。なっちゃん、どうしたの。今日は少し、様子がおかしいな」

私はカップをソーサーに戻し、両手を膝の上に載せ、軽く目を閉じてから、大きく吐いた息の中、低い声で言いました。「……生理が来ないの」

一瞬の沈黙が野口さんを包みました。でもそれは決して、困ったとか、まずいことになったというような、逃げ腰の沈黙ではなかった。ただ驚いている……そういう印象でした。

「遅れてどのくらい?」ややあって野口さんはそう聞きました。口調にも動揺は感じられなかった。とても冷静で、そのくせ親身な感じがし、何だか昔から身体を診てもらっているお医者さんに症状を質問されているようでもありました。

「九日。これまであんまり乱れるほうじゃなかったし、こんなことはめったになかったから……。でも、この年でしょ。笑っちゃうような話よね。まさかとは思うけど……正直なところ、ちょっと心配」

野口さんは深くうなずきました。そして身じろぎもしないで私をじっと見つめ、しばらくの間、黙っていた。

「何がそんなに心配なの」

「え？」

「牟田との間に子供が欲しかった、って言ってたよね。でもできなかったんだ、って」

「言ったわ」

「だったらいいじゃないか」

「どうして」

「だからさ、それが今になってできたんだとしたら、素晴らしいことじゃないか、って言ってるんだよ」

言っている言葉の意味が理解できたので、私は天井を仰ぐようにして笑ってみせました。「冗談を言ってるのね。素晴らしいことなんかじゃないでしょう？　困ることでしょう？」

「どうして困るんだよ」

「本気？　本気でそう聞いてるの？　私が今、幾つだと思ってるの？　あなたは今幾つ？　おまけに、お互いに家庭を持ってる。どうやって皆に説明して、どうやって育てようって言うの」

「奈緒と一緒に育てる」

私は目を剝きました。野口さんは形のいい口もとに柔らかい微笑を湛えて、私を見ていました。「奈緒と一緒にさ、四人で育てればいいよ」

「四人、って誰よ」

「僕と弘美、そしてなっちゃんと牟田。その四人」

「やめてちょうだい。弘美さんが納得するわけがないでしょ？　もちろん牟田だって……」

「そうかな」

「ああ、野口さんたら。ふざけないで」

「今話してるのは、僕が別の女との間に作った子の話でもなければ、なっちゃんが僕以外の男との間に作った子の話でもないんだ。なっちゃんと僕との間にできたかもしれない子のことを話してるんだよ。わかってるね」

「もちろんよ」

「なっちゃんと僕はこうなったけど、互いの家庭は守ってるし、守ろうと努力している。今のところ、誰も悲しませていない。その意味では以前と何も変わってないんだ」

「その通りね」

「で、そこに子供ができた。僕となっちゃんの子だけど、同時にそれは牟田の子、弘美の子でもある。僕たち四人は、並んで手をつなぎ合って円を描いてるんだ。弘美は別にしても、僕も牟田もあなたも若いわけじゃないからね。もうここまでくると、どこをどうやって切り刻もうとしても、一旦つながった線は崩れないだろうと思うよ」

私は口を閉ざし、呆けたように野口さんを見ていました。野口さんは落ちついた様子でわずかに微笑みを浮かべ、「本気で言ってるんだよ」と言いました。「もしもなっちゃんに子供ができたのだとしたら、二組の夫婦……つまり、四人で育てるのがいい。世の中にはいろんな子供がいる。いろんな夫婦がいる。僕たちのような人間がいて、僕たちのような人間に育てられる子供がいたっていい」

言葉を失っていた私に、野口さんは真摯な、青年のような眼差しを送りながら、「そうしよう」と低い声で言いました。「四人で育てよう。な？　そうしよう」と。

大声で笑い出しててしかるべき話でした。呆れ果てて物も言えなくなるような……冗談だと決めつけて、一切、耳を貸さずにいられるような、そんな話でもありました。

でも私は最終的に笑うことができなかった。冗談だとも思えなくなった。おかしな言い方かもしれません。私はその時、野口さんが口にした馬鹿げた話にふと、何かとてつもなく崇高なものを感じてしまったのです。

その場限りの嘘、と言うこともできたでしょう。実際、そうだったのかもしれない。誰しもうまいことを言う術はもっているもので、とりわけ野口さんはもともと、窮地に陥ろうとしている女の救い方、とりなし方が上手だったはずなのです。

でも、たとえそうだったのだとしても、あの晩、小やみなく降りしきる東京の雪を窓の外に眺めながら、野口さんの口から迸り出た言葉は、とてつもなく明るくて、濁ったところの何もない、まっすぐで、きらきらしていて、そんなにも美しいというのに、世界から果てしなく外れていかざるを得ないような、愚かしいほどの孤独を背負っていました。

野口さんはあの時、間違いなく〝淪落〟の世界にいたのです。野口さんは私との関係を続ける中で、正しく堕ちていくことができた人だった。正しく堕ちた男でなければ、あんな美しい嘘、崇高な嘘はつけなかった。

視界がぼやけ、外の雪模様がただの白い、形をなさない、だんだら模様のようになりました。何故、涙がわいてくるのか、自分でも説明がつかないまま、私は野口さんに向かって笑いかけました。

「笑いながら泣いてるんだね」

「そうよ」

「どうして？」

「嬉しいから」

うん、と野口さんはうなずき、「奈緒に弟か妹ができる」と言い添えました。

「馬鹿ね。ただの生理不順に決まってるのに」

「そうでないように祈ろう」

それには応えず、私は洟をすすり上げ、ため息まじりに笑いました。「それにしても、これが五十歳と四十六歳の男女の会話かしら。人に聞かせたら、信じられない、って言われそうね」

「あと十年たっても同じ会話をしよう」

「無理よ」

「どうして」

「あと十年たったら私、五十六になるのよ。そしてあなたは六十。還暦だわ」

なっちゃん……と野口さんが低く囁くように呼びかけました。私はつと顔を上げ、正面から野口さんを見つめました。

「……愛してる」

熱いものが漣のように押し寄せてきて、私は思わず唇を噛み、窓の外に向かって目をそらしました。そして、自分の顔がガラスに映し出され、そこに白いぼたん雪が不規則なまだら模様を描き続けるのを、私は何も考えず、何も疑わず、静かで穏やかな諦めと、小娘のような幸福感を同時に抱きながら、長い間、黙って見ていたのでした。

男と女のことは本当に思惑通りにはいかないものです。

そんなことはもっと若いうちに学んだはずなのに、野口さんとの仲が人知れず始まって、人知れず終わった今になってみると、男と女が辿る道の不思議さを思わずにはいられません。

あの雪の晩、野口さんとあんな会話を交わして二日後、遅れに遅れていた生理がやって来ました。何やら肩すかしをくらったような、それでいてほっと安堵するような、妙な気持ちで私は野口さんにそのことを報告しました。

野口さんは携帯電話の電話口で、心底、残念そうな声を出しました。まるで若妻が流産した時の夫のような声ね、と私がからかうと、それに近いかもしれない、と言い、野口さんは深いため息をつきました。

内心、野口さんだって安心したのでしょう。それどころか蔭で胸を撫でおろしていたのかもしれません。ですが、野口さんはそんなことはおくびにも出さなかった。雪の晩、私の前で見せた世界を最後まで、完璧に演じきってくれたのです。あの頃の野口さんは、やはり〝淪落〟そのものの世界を生きる男だった。

あれから二年。何がどうなって、どう変わっていったのか、はっきりとした経緯はうまく説明することができません。気がつくと私と野口さんは、誘い合わせて会わなくなるようになっていました。それは、野口さんがあの年の夏、仕事がらみの旅行でオーストラリアに行き、しばらく会えなくなったのがきっかけだったのですが、それだけでもなかったような気がする。

自然に、なるようになっていって、それは別に私と野口さんとが惹かれ合わなくなったせいではなく、互いに飽きたせいでもない。何ひとつ二人の眼差しは変わらなかったのに、否応なく重ねられていく時間の堆積が、私たちの間に自然な距離を作り、その距離が次第に遠くなっていった結果のようにも思えるのです。

そしてそこには、本当に何の苦しみも哀しみも、喪失感もなかった。互いの間に距離が生まれたのがあまりにも自然だったので、自尊心が傷つけられた、というような感覚も覚えず、まして後悔もなかった。烈しく求め合った頃のことを思い出し、懐かしむ気持ちすらなかった。

例えていうならばそれは、うつらうつらしている間に季節が夏から秋に移ろい、さらにまた、うつらうつらしているうちに、秋から冬になった、とでもいうような、そんな穏やかな感覚に近いものでした。うつらうつらしながら、長い幸福な夢を見て、目覚めれば以前のままの風景がそこにあり、何も変わらず、二年の年を重ねた自分が、鏡の中に映し出されているだけなのでした。

相変わらず野口さんと牟田は仲がよく、近頃ではしょっちゅう一緒に山に登ったり、釣りに出たりしています。奈緒ちゃんは小学校三年生になり、弘美さんは奈緒ちゃんが学校に行っている間、時々、わが家を訪ねて来ては、最近の小学生がいかに生意気になったか、奈緒ちゃんがいかに利発な発言をするか、愚痴とも自慢ともつかぬお喋りをして、私のいれるお茶を飲んでいったりします。

奈緒ちゃんも一緒に野口さん夫婦を招いて、私が手料理をふるまうこともありますが、そんな時でも、私と野口さんは以前同様、何も変わらないままでいられます。意味ありげな目配せをすることもなく、たまたま二人きりになったキッチンで、ひそひそと二人にしかわからない会話を交わすこともない。深く関わった頃の思い出話をすることもなければ、牟田や弘美さんのいる前で、ゲームのようにその種の話をスリルたっぷりに仄めかしてみることもない。

あんなことがあったなど、互いに忘れてしまっているふりをし続けていて、そうしながら私はいつも、遠くから野口さんを見つめて思うのです。私はこの人の身体を知っている、この人の身体のすみからすみまで知っている、私はこの人との間に赤ん坊を身ごもったと思いこんでいた時期がある……と。

二年前……ついこの間の出来事なのに、それはもはや、遠い遠い、過去の風景になっている。

牟田と釣りに行く約束をしていた野口さんが、休みの日の朝早く、車で牟田を迎えに来ます。玄関チャイムが鳴って、私が先にドアを開けに行きます。

「おはよう。よく起きられたわね。まだ外は暗いじゃない」

「遊びの日は早起きできるんだよ。旦那は起きてる？」

「もちろん。でも、もうちょっと待ってて。たった今、トイレに入ったところ。ちょっと長くなると思うけど」

「何という素敵なタイミングだろうね。じゃあ、仕方がない。殿の排便をお待ち申し上げてる間に、なっちゃんのいれてくれる美味いコーヒーでも飲んでくかな」

「お安い御用よ。入って」

私はキッチンに立ち、野口さんのためにコーヒーをいれます。野口さんは居間のソファーに腰をおろし、鼻唄を歌いながら朝刊を開いたりしています。

明け始めた東の空に、茜色の雲が見えてきます。後ろから見る野口さんの、うなじのあたりがやけにはっきりと目に映り、ああ、自分は二年前、あのうなじに顔を埋め、果てしない忘我のひとときを過ごしたのだ、と思い返したりします。

そんな時、香ばしいコーヒーの香りに包まれながら、私はふと泣きたくなる。年端のいかない少女のような、不安定な、身の置きどころのないような気持ちにかられる。

私は思うのです。自分はこの人と、果して堕ちたことがあったのだろうか、と。堕ちたと思ったのはただの錯覚で、〝淪落〟という言葉ほど、初めから自分と縁遠かった言葉はなかったのではないか、と。

そしてそれは、もしかするとあんなに淪落の世界に生きているように見えていた野口さんにしても、同じことだったのかもしれない。私たちは、いい年をして、若者のように堕ちていくことを夢見、うっとりしながら繋がり合って、人生の幸福な寄り道をしていたに過ぎないのかもしれない。

ただそれだけのこと。ですが、ただそれだけのことが、どうしてこんなにいとおしいのでしょう。どうしてこんなに、切ないのでしょう。

無心な果実

ああ、枇杷が食べたい、と多美は思った。

食べたい、食べたい……一旦、そう思い始めると、もういけなかった。口の中の渇きが烈しくなり、何が何でも早いところこれを済ませて、枇杷に齧りつきたい、と思ってしまう。

冷蔵庫の上から二番目の棚には、箱入りの高級な枇杷が入っている。ハウス栽培したものではない、天然ものである。看護婦をしている妹の玲子が、退院していった患者の家族からお礼に貰ったと言い、昨晩、持ち帰った。

玲子は多美よりも五つ年下の四十四歳である。年齢よりも十は若く見え、とらえどころのない茫洋とした少女のような表情が男心をそそるらしい。担当した男性患者に、本気で恋をされたことも何度かある。

患者ばかりか、患者の家族の中にも玲子に心惹かれる者が多く現れ、他の看護婦さんには内証ですよ、と流行りの洋菓子だの老舗の和菓子屋の高級羊羹だの、果ては田舎の山で採れたという松茸まで恭しく手渡される。玲子も玲子で、それが金目のものでない限り、けろりとした顔で受け取っては、家に持ち帰って来る。

女としてちやほやされることに対して、玲子は淡々としている。慣れているせいではなく、そういうことにあまり興味がないのが、いかにも玲子らしい。

ここのところ、少し貢ぎ物が減ったわね、と多美が冗談を言った翌日、早速、玲子がくだんの箱入りの枇杷を持ち帰ったものだから可笑しかった。もう深夜になっていたが、玲子が風呂からあがるのを待って、硝子の器に二粒ずつ分け、食べてみた。

見たこともないほど大粒の、ちょうどいい具合に熟れた上等の枇杷だった。皮を剝いただけで指の間に汁が滴る。かぶりつくと、甘い汁は口中から溢れ出して唇の端からたらたらと流れ落ち、多美は目を細めて、ああ美味しい、ああ美味しい、と繰り返した。

一刻も早く、あれを食べたかった。冷蔵庫の中でほどよく冷えているであろう枇杷……。嗅いでもいない枇杷の香りが幻のように鼻腔をくすぐって、多美はこらえきれなくなった。

だが、多美の身体の上に乗り、烈しく腰を動かしている市村はまだ果てそうにない。

五月とはいえ、夜になっても気温が下がらず、早くも多美は汗まみれになっている。

玲子はその日、夜勤だったため、夕刻に家を出て行った。戻るのは明日の朝だから、それまで家で市村と二人きりでいられることになっている。市村はふだんから玲子の夜勤を心待ちにしていて、今夜も八時過ぎにいそいそと現れた。

妻も子もある五十二になる男である。身体の関係をもつようになってから二年と少し。多美が用意した辛口の純米酒と何種類かの肴を前に、嬉しいのか嬉しくないのか、無表情に、殆ど喋らないまま、市村がうつむき加減に箸を動かしていたのもいつも通りなら、ふいに多美のからだを後ろから抱き寄せて、うなじのあたりに唇を押しつけたのもいつもの通りだった。

二人して抱き合いながら、なだれこむようにして多美の寝室に行き、裸になってベッドに上がった。それから、市村がしたことも多美が反応したことも、これまたいつもの通りであった。

多美は今、烈しい喘ぎ声をあげている。演技ではない。身体は素直に反応しているし、押し寄せてくる温かな波のような感覚に身を委ね、このままどこか遠くに連れ去ってもらいたい、と思う気持ちもふだんと何ひとつ変わらない。

市村の汗ばんだ背中の感触も、時折、唇を塞いでくる市村の吐息も、そこにかすかに感じられる酒糟のような臭気も、慣れ親しんできたものである。それらが突然いやになった、受け入れられなくなった、というのではない。

愛してるよ、と囁かれれば、多美もまた嬉々として、愛してる、と応じる。市村は肌を合わせている時以外、めったに愛の言葉を口にしない。そういう習慣をもたない男だからこそ、ベッドの中での表現は多美を喜ばせたものだし、今もそれは変わっていなかった。

市村の首に両手をまわし、好きよ、好きよ、大好きよ、と耳元で繰り返し囁くのもいつも通りである。自分の声がさらに高まっていき、窓を閉めないと隣に聞こえるかもしれない、とふと思ったことも、これまでと同じである。

夜のしじまを突き抜けるようにして、遠くを救急車が走り去る音がした。そのサイレンの音に合わせるかのように、多美の子宮に大波が押し寄せてくる気配があった。市村の腰使いと喘ぎ声もまた、烈しさを増していった。

……だが身体と頭はばらばらで、多美はもう、枇杷のことしか考えていない。

いつのころからか、多美は男に飽きがくると、闇の中で水気のある果物を思い描くようになった。桃、西瓜、蜜柑、メロン……その時その時によって、思い描く果物の種類は様変わりしたが、水気が多い、ということで言えば同じだった。

何故なのかはわからない。水気の多い果物と、男に飽きたという気持ちとに何らかのはっきりした因果関係があるとも思えない。

ただ単に、男と肌を合わせながら、相手に感じていたときめきのようなもの、どきどきするような胸の高鳴りがなくなっていることに気づくと、急速に多美の気分は萎えていき、いきなり喉が渇いてくるのである。喉が渇くと言っても、ごくごくと水を飲みたいというような烈しい渇き方ではない。何か少し、甘味のある冷たい水を口にふくみたい、喉を湿らせたい、という程度の渇きなのだが、その渇きこそが、多美に様々な水気の多い果物を連想させるのかもしれなかった。

それに加えて、子供の頃の記憶というのも、何か作用しているのかもしれない、と多美は思う。

豊満な身体つきをしている今では誰にも信じてもらえないが、多美は子供の頃、がりがりに痩せていて、校医を呆れさせるほど栄養状態の悪い虚弱児だった。具合が悪くなることは日常茶飯事で、頻繁に熱を出し、熱を出すたびに原因不明の嘔吐を繰り返した。母親が作ってくれた粥も胃が受けつけず、好物だったアイスクリームですら喉を通らなくなるほど衰弱することもあったが、そんな時でも、多美は水気の多い果物だけは口にできた。

蜜柑を母に剝いてもらい、一房、口に入れて嚙みしめた時、舌の奥深くまで拡がっていった甘く冷たい果汁のことを今も時折、多美は思い返す。そして、閨（ねや）の中、ふいに相手の男が退屈になり、水気の多い果物が食べたくなるのと、子供時代、病気で臥せっている時に母に甘えて蜜柑を剝いてもらった時の記憶とは、どこかで深くつながっているのではないか、などと埒もないことを考える。

考えたところで、結論が出るわけでもなく、かえって頭は混乱するばかりである。それでも多美は、男に飽きた時の自分と、病床で母に甘え、水気の多い果物を食べている自分、というのは、やっぱりどこか似ている、と思う。そう思うたびに妙に納得する。

飽きたな、と思ってしまった男と情事のひとときを持った後、全裸のまま、けだるい身体に着古したカーディガンなどを引っかけただけの姿になり、多美は「何か食べない？」と聞くのである。

「何か、って何？」

「西瓜、冷えてるの。食べたくて仕方がないのよ。一緒に食べない？」

「いいよ」

そして男と向かい合わせになりながら、むさぼるようにして西瓜を食べる。羞じらいも何もなく、子供のように、ぺっ、ぺっ、と音をたてて種を皿に吐き出し、美味しい、美味しい、と独り言を言う。食べることに夢中で、話をすることも、相手を気づかうことも忘れている。そして多美は汁だらけになった唇と顎を手の甲で拭いながら、ああ、自分はもう、この人には冷めたんだな、と静かな気持ちで思うのだった。

多美の情熱は長続きしない。あれほど夢中だったのに、と思う相手に、或る日気がつくと冷めている。情熱が五年も六年も続く場合もあれば、一年足らずで終わってしまう場合もある。理由など何もなく、多美にも説明がつかない。

　一旦、冷めてしまうと、もうその男のことは何も考えなくなる。といって冷酷に忘れてしまうわけではなく、きっぱりと縁を切ったと言えるほど潔いものでもない。その後も一定期間、だらだらと関係は続けられる。会えば会ったで、それなりに以前と変わらない自分を装うことはいくらでもできた。だが、すでにその時、多美の気持ちは決まってしまっているのである。つゆとも揺るがないのである。

　男に煩わされない自分、というのが多美には快くてならない。毎日の暮らしが規則正しく、清々しくなり、見るもの聞くものに透明感があふれるようになる。風邪のせいで長い間塞がれたままだった耳の奥からふいに空気が抜かれ、一挙に外界のあらゆる気配、音声が鼓膜に向かってなだれこんできた時のような、そんな透明感である。

　男のことばかり考えて無駄にしていた時間も全部、自分のためだけに使うことができるようになる。男に夢中になっていた時はつい読み飛ばしていた新聞も、丁寧に時間をかけて隅から隅まで読む。買いだめておいた本を開き、夢中になるあまり、気がつくと朝を迎えていることもある。たとえ一睡もできなくなっても、翌日の肌の調子や体調を気づかわずにいられることが何よりも嬉しい。

　速記者としての仕事にも集中できる。男と会うことを優先させるあまり、勿体ないほどギャラのいい仕事を断ったり、事前に理由をつけてキャンセルしてしまったりすることもあったが、ひとたび男から解放されると、そういうこともなくなる。

もうベテランと呼ばれるほど経験を積んでいる。マスコミ各社には速記の仕事となると、多美を指名してくるところが多い。

人と関わりたくなければ、仕事を終えてさっさと帰って来る。一人で使える時間はあり余るほどであり、深夜、テープ起こしをしながら、ワープロで速記を入力している時など、多美はふと、男に気持ちを乱されないでいられるひとときを、至福という言葉に置き換えてみたりする。

そしてその至福のひとときは、多美を少し太らせるのだ。男と関わっていた時扁平だった腹部に、ふっくらと肉がつき、ウエストまわりがきつくなって、ああ、太ってしまったな、と思う頃には、不思議なことに乳房から色香と艶が消えている。年齢の割にはあれほど豊かに張っていて、自慢の一つだった乳房が、ただのくすんだ脂肪の塊のようにしか見えなくなる。

それでも多美は、恋に溺れ、まわりが見えなくなっている時の、物も食べずに雄を求めて喘いでいるような自分よりも、何ものにも乱されていない穏やかな自分のほうが好きである。どれほど太っても、どれほど色香が失われてもかまやしない、とさえ思う。

食後に食べる甘いものの量が増え、身体のむだ毛の処理すら怠って、見かねた妹の玲子から、「お姉ちゃん、いくらつきあってる人がいなくなったからって、あんまりじゃない？」とからかわれても、にこにこ笑いながら、そうねえ、とうなずく。うなずきながら、その実、殆ど聞いていない。

これだって、生きていることの悦びなのだ、と多美は思う。色恋から離れ、数々の房事が遠い記憶の彼方に消え去り、ふやけたような身体になりながらも、心の平静さを取り戻す……それだって、色恋にかまける以上に、幸福なことなのだ、と。

それでも不思議なことに、そんな時期もまた、長くは続かない。やがてひょんなことで知り合った男に惹かれ、恋におち、多美の身体からは目に見えて贅肉が消えていく。目に妖しい光が宿り始め、寝ても覚めてもその男のことしか考えなくなる。速記者としての自分を忘れ、雌として生きることに命をかけ、溺れるような色恋の坩堝（るつぼ）にはまって身動きが取れなくなる……。

程度の差こそあれ、その繰り返しこそが多美の四十九年間の人生であり、それはまた、或る日突然、男と肌を合わせながら多美が水気の多い果物を思い浮かべるその時まで、続けられてきたのだった。

「枇杷があるの。食べない？」

多美は聞いた。ベッドの上には市村がぐったりと横たわっている。呼吸が荒い。しとどに汗をかいた身体が、ベッド脇に灯したスタンドの小さな明かりを受けて、てらてらと光っている。年齢相応の贅肉をつけている市村の肉体は、房事の後で決まって肌のなめらかさを増す。女のようである。

「食べる？」

重ねて聞くと、うん、と市村はくぐもった声で返事をした。

「玲子がね、昨日、患者さんの家族から貰ってきたの。大粒ですごくおいしいの。冷やしてあるのよ。持ってこようか、ここに」

「いいね」

言いながら市村は寝返りをうち、大の字に仰向けになって額に腕をあてがった。叢の中に鎮まった男根があらわになった。見慣れた部屋の、見慣れた小物のように、それは多美に何の感興も抱かせなかった。

二年半ほど前、多美は婦人誌の対談の仕事で、荒川区にある小さな製紙工房を訪れた。手漉き和紙や、豪華本の装幀に使う特殊な紙を作る工房である。市村はその工房の代表者であり、対談は市村と高名な女流作家によるものであった。

七十も半ばにさしかかる女流作家は、自分の本の装幀に市村の工房で作られる紙を指定することが多かった。かねてより是非、市村と対談させてもらいたい、と編集部に申し出ていたようだが、市村は自分が話し下手な上、華やいだ席は苦手だから、と断り続けていた。

だが、度重なる依頼に、さすがに後には退けなくなったものらしい。渋々、引き受けたところ、くだんの女流作家が是非、市村さんの工房を拝見したい、と言い出して、結局、対談は工房の裏手にある、離れになった茶室で行われることになった。

多美は座卓の片隅に向かうことを許されて、テープをまわしながら対談の速記を続けた。口下手と言うよりも、どこか投げやりな感じのする市村の青年じみた虚無的な雰囲気に、多美は初めから強く惹きつけられた。市村は二代目であったが、先代の父親がかなりの資産家だったのであろうことは、風雅な茶室や贅沢なスペースをとった工房、それに古いが威風堂々とした数寄屋造りの母屋を見ずとも、察しがついた。

もとより速記者は、その場に居合わせた人々が和やかな歓談を始めたとしても、話の座に加わることは滅多にない。依頼された仕事が終われば、たいてい担当の編集者や記者たちが目配せしてきて、「ごくろうさま」などと小声で言いながら、退室することを促してくる。対談などで高級料亭や有名レストランを使った際、速記者の分まで会社から経費が出ない、という事情も影響しているものらしい。

編集部のほうで注文しておいた料亭の仕出し弁当が届けられたのは、多美が編集者に促されて帰り支度を始めた、その時だった。対談後、市村の茶室で、市村と女流作家、担当編集者の三名が、遅い昼食を兼ねて仕出し弁当を食べる、ということになっていた。編集者が弁当を受け取りに、工房のほうまで走り出て行き、それをしおに女流作家が手洗いに立った。同席していたカメラマンが機材を抱えて外に出て行った。ふいに座が乱れ、茶室には思いがけず、多美と市村だけが残された。

「もう長いんですか」

市村に聞かれ、多美はノートとペンシルケースをバッグに収めながら、「は？」と聞き返した。

「速記のお仕事のことです。長くやってらっしゃるんですか」

「そうですね。二十年くらいになるでしょうか」

「さっき、ちらちらと拝見してました。ものすごいスピードなんですね」

「私は遅いほうなんです。もっと速く記録できる方もいらっしゃいますから」

「信じられないな。それに何て書いてあるのか、素人にはちっともわからない」

「私も速記を習う前は、こんな文字を自分が書くようになるとは信じられない、って思ってました」

「誰にも判読できないから、都合のいいこともあるでしょうね。堂々とご主人の前で、恋人に秘密の手紙も書ける」

ふふっ、と多美は口をすぼめて笑った。その笑い方が、男の目に魅力的に映ることがあるのを多美は知っていた。「あいにく独身なものですから」

そうなんですか、と市村は言った。「お若く見えるけど、もしかしたら……と思ったものですから」

目と目が合った。一瞬の視線の交錯が、多美の中の何かに火をつけた。

それから十日後、多美は市村に電話をかけた。この間はゆっくり拝見できなかったので、工房の中を見学させていただきたい、と申し出た。思っていた通り、市村は多美からの電話を待ちわびていたかのように快く応じてくれた。

その日、工房を見学した後、市村と食事を共にした。翌週、今度は市村から連絡があった。結ばれたのは、出会ってから二ケ月後。京都に一泊旅行をし、秘密のハネムーンを気取った。それからは十日か二週間に一度の割合で逢瀬を繰り返し、今に至っている。

その間、多美は市村のことばかり考えて生きてきた。市村がこう言った、ああ言った、こんなふうに愛してくれた、と逢瀬を終えるごとに克明に思い返し、ただそれだけで次の逢瀬までの時間がつぶれてしまうこともあった。帰って行く市村にすがりつき、今夜は帰らないで、愛してるなら、ずっと私と一緒にいて、などと、メロドラマのヒロインのような科白を大まじめに口にしたこともあった。

確かに烈しい恋だったし、いっときは世界は市村を中心に回っていた。買物に行っても、市村に見せるための下着を買い、市村の前で少しでも若く、美しくいられるための化粧品や衣類を買うことに執念を燃やした。市村が工房での仕事の話を始めた時に、熱心に相槌を打てるように、と手漉き和紙に関する勉強をして、かなり詳しくもなった。

市村と結婚することも、共に暮らすことも望まなかったし、考えてみたこともない。だが、これが最後の恋かもしれない、いや、間違いなく最後の恋だ、と思ってきた。

五十を過ぎればもう、そうそう簡単に男は現れなくなるだろう、と多美は思う。美人ではあるが、地味なお雛様みたいな顔だ、と昔から人に言われてきた。古風な顔立ちのせいで、目立たないようにしていると、本当に目立たなくなってしまう。何度か会っている人にも、顔を覚えてもらえずに往生することさえある。

だから自分など、男に目もかけてもらえないだろう、とずっと思ってきた。それなのに、三十三歳で離婚して以来、男に不自由したことがないのは多美にも不思議でならない。もともと愛されることよりも、愛することのほうが得意だった。それが功を奏したのかもしれない、と思うが、確かなことはわからない。

多美が好きになるのはたいてい、女遊びのうまい男ではなく、むしろ不器用な男ばかりである。その種の男たちは女に対して受け身であることが多い。

焦らされるような思いを何度か味わった後、多美は、これぞと思った男には自分のほうから近づいていかねばならないことを知った。多美のほうから近づけば、相手は一旦は逃げる素振りを見せるものの、多美に興味を持っている限り、決して背中を向けることはない。

そして多美が相手への愛を素直に表現すればするほど、相手もまた多美に大きく傾いてくる。結果、男は多美を熟した果実のように丹念に味わい、多美の胸塞がるような少女じみた恋心をもしっかりと受け止めて、多美は愛する女から、愛される女に変容していくことになるのだった。

市村が最後の男だったとしても、いっこうにかまわない。それどころか、市村こそが最後の男にふさわしい、と考えて、この二年と少しの間、多美は幸福な幻に酔い続けてきた。

それなのに、どうして突然、と多美は思った。これまでも何度か繰り返してきたように、それは永遠に答えの出ない問いであり、問うこと自体が馬鹿げているような気もした。

素肌に白いタオル地のバスローブを羽織って、多美は台所に行き、冷蔵庫から枇杷の入った箱を取り出した。一粒ずつ水道の水でざっと洗い、硝子の鉢に並べた。濡れた手をバスローブの腰の部分を使って拭き、硝子の鉢を寝室まで持って行った。

市村は上半身を起こし、ベッドの中であぐらをかいて、煙草を吸っているところだった。多美もまたベッドの上によじのぼり、市村と向かい合わせになるように座ってあぐらをかいた。

下着をつけていなかったので、丈の短いバスローブの奥が見えるのではないか、と気になったが、すぐに忘れた。多美は枇杷の皮を剝いて、濡れた果肉に歯をたてた。

指先が果汁で濡れ、唇のまわりが濡れた。市村は面白そうに多美を見ている。長めに伸ばした前髪が、白いものを光らせながら、柔らかく額を被っている。相変わらず魅力的な男だと多美は思う。中年臭さがみじんもなく、美しい男だと思う。

だが、多美はもう何も感じない。未練も何もなく、悲しい、寂しい、という気持ちすら起こらない。かといって、市村に夢中になって過ごした日々が懐かしく、切ない、という気にもならない。

多美はただ、むしゃむしゃと枇杷を食べ続ける。窓の外の庭で、地虫が低く啼き出した。気温は少し下がって風が出てきたが、雨になるのか、湿度が高くて蒸し暑い。皮を剝き、むしゃぶりつき、黒光りした大きな種を硝子の鉢の底に転がす。指と指の間がべたべたしてくる。口の端から果汁が垂れる。

多美の目は市村を見ておらず、多美の耳は市村の声を聞いていない。あれほど愛し、あれほど夢中になり、あれほど危険な情念に身を任せた男なのに、市村はもう、多美の気持ちをひとつも惑わすことなく、多美の目の前に無害で大きな動物のようにして存在しているだけだった。

翌日から、意識の中に男が君臨していない生活が始まった。

それまで何をするにも、市村のことを考え、市村のスケジュールに合わせるようにして生きてきた。もう男のスケジュールを考えたり、妹の玲子の夜勤の日だけは自分の予定を入れないように気配りをしたり、男の予定を考えながら自分の仕事の段取りをつける、などという面倒なことはやらないでもいいのだった。

市村は甘いものが苦手で、ケーキや和菓子など、いくら多美が勧めても口にすることがなかった。太るのではないか、という不安も働き、多美も市村の前では遠慮して甘いものは口にせずにきたが、もうそんなつまらないことで食欲を規制する必要もなかった。

玲子のいない夜、夕食の後、一人でダイニングテーブルに向かい、栗羊羹にナイフを入れる時の悦び。大きな栗がごっそりと入っている栗羊羹を自分でも驚くほど厚く切り分けて、誰も見ていないからと、手づかみで口に運ぶ。

食べ終えてから、舌が痺れるほど渋くいれた煎茶を両手で持って、ささやかな幸福にほーっとため息をついている自分は、年相応の中年女に見えることだろう、と思いながらも、多美にはその、何ものにも煩わされていない状態が快くてならない。

むろん、市村には別れ話をしたわけではないから、市村のほうではまだ何も気づいていないのである。また十日ほどたてば、電話がかかってきて、よもやま話の後、「玲ちゃんの夜勤、今度はいつ？」と聞いてくるのは目に見えている。

その時の答えは用意してある。玲子の病院でのシフトが変わってね、しばらく夜勤から解放されちゃったみたいなのよ……そう言えば、ひとまずのところは丸く収まる。

それでもまたしばらくたてば電話がかかってくるだろう。嫌いになったわけではないのだから、会ってもいっこうにかまわない。三度に一度は誘いを受けて、外で食事をしたり、家に呼んで、これまでと同じひとときを持つ。その程度なら、お安い御用である。だが、市村も鈍感な男ではない。そのうち彼のほうで多美の変化に気がついて、関係はうやむやになっていくだろう……これまでの経験から、多美はそう考えていた。

多美は男と別れ話ができない性分である。気が弱くてできないのではない。一度は男と女の関係になった相手と、この一瞬を境にして赤の他人同士に戻ろう、とすることが、なんだか浅ましいことのような気がしてしまうからである。

好きなのに別れなければならないことは世の中にはたくさんあるだろうが、好きなら別れる必要はない、と考えるのが多美であった。同時に、なんとなく飽きたのであれば、なんとなく別れていけばいいのだった。何もわざわざ、いい年をした大人が、膝をつき合わせて暗い顔をしながら、別れの言葉を述べ合う必要はないのだった。

それよりも何よりも、自分が一夜にして、こんなにあっさりと恋の呪縛から逃れることができるとは多美にも信じられない。そのメカニズムはどうにも不可解であり、市村の何がいやで、何が退屈になった、ということではなく、ただ単に、市村との関係に倦んだのだ、としか言いようがないのが自分でも呆れる。

市村の声を聞いただけで、あんなに身体が火照ったこともあったのに、と思えば、なんだか自分が酷薄な女のようにも思えてくる。多美の身体は今、火照りや潤いとは無縁になり、そのことが寂しいどころか、さっぱりと気分よく、せいせいしたとも思えるのだから、多美自身、その変わり身の速さに首を傾げざるを得ない。

そんな或る晩、電話が鳴った。相手は学生時代からの男友達、石堂であった。

都内に小さな音楽ホールを持ち、支配人を兼ねている石堂は、クラシック音楽に詳しい。何かというと、コンサートチケットを多美の分まで用意し、声をかけてくれる。半年に一度は会っている計算になり、互いに憎まれ口などききながらも、石堂は典型的な色恋ぬきの男友達であった。

その日の電話も、室内楽のコンサートに行かないか、という誘いであった。バロックのゆうべ、と題して、石堂が支配人を務めている音楽ホールで六月中旬、コンサートが開かれる。ファンの多いトリオがフランスから来日する、というので、チケットはすぐに完売になったが、裏から手をまわして多美の分まで取ってやった、と石堂はいくらか押しつけがましい口調で言った。

一通り、聞き終えてから、ひと呼吸おき、「ごめん」と多美は言った。「そういうことにね、ここんところ、ちょっと気が向かないのよ」

「……何かあったの？」

「ううん、別に。何もないけど、気分がね、ちょっと鬱屈しちゃってて」

「中年鬱病？　初老期鬱病、ってのは聞いたことあるけどな。そうか。多美はもう初老なんだ」石堂が笑いながら言った。

「失礼ね。そんなんじゃないわよ」

「いろいろあるよな、この年になると」

「あなたのほうは？　元気なの？」

「まあね。女房がちょっと具合を悪くしてるけど」

「どうしたの」

「更年期だよ。あっちがおかしい、ここが変だ、って、毎日鬼のような顔してさ。そういうの、何て言ったっけ。医者を次々に替えること……」

「ドクターショッピング？」

「そうそう、それ。趣味みたいに医者を替えて、病院のことしか考えてない」

「ホルモン療法、やればいいのに。劇的に効くみたいよ。副作用だって、昔よりずっと少なくなったらしいし」

「そういう話、男にはよくわかんないんだよ。別に冷たいわけじゃなくてさ。多美は更年期じゃないの？」

「まだきてないみたいだけど、そろそろでしょうね」

「それにしてはいつも元気だよな」

どくさい、などと言う。

何よ、ケチね、と多美が言えば、石堂は笑って空を仰ぎ、照れたように「多美に会えたんだから、それだけで満足だよ」などとつぶやいた。

石堂に誘われたバロックの室内楽が聴きたくないわけではなかった。着飾ってコンサートホールに行くのが面倒なのでもない。ただ、石堂と会って、石堂の自分を見る目に、抑えに抑えた官能のしるし、決して表に出ることのない淡い恋のしるしをみとめるかもしれない、と思うと億劫だった。

今一番、目にしたくないのは、それだった。たとえそれが、一陣の風のように吹き過ぎていくだけのものだったとしても、多美は今、感情に揺さぶりをかけてくるあらゆるものから、徹底して自由でありたかった。

「私だったら行くけどな」傍で電話の会話を聞いていた玲子が、ぼそりと言った。「せっかくチケット取ってくれたのに、悪いじゃない」

「悪いとは思うけど、気が乗らないんだもの。仕方ない」

「かわいそうにね、石堂さんも。お姉ちゃん一筋で生きてきて、あの年になってまだ、こうやってふられて」

「ふるとか、ふられるとか、彼とは初めっからそういう間柄じゃなかった、って知ってるでしょ」

「お姉ちゃんがちゃんとふってあげなかったからよ、きっと。ちゃんとふってあげなくちゃいけない時、っていうのがあるんだと思う。ふってあげもしないで、いいお友達でいましょうね、なんて言って、ずるずる続けて……そういうのって、一番残酷かも」

「馬鹿ね。ちゃんと口説かれもしなかったのに、どうやってふればよかったって言うの」

そんなこと、私に聞かれてもわかんないけどさ、と玲子はだるそうに言い、うすやきせんべいをひと齧りして、煎茶をすすった。

姉妹なのに、玲子とは何もかもが違っている、と多美は思う。一見、多美よりも遥かに華やかな顔だちの玲子は、私生活が派手で、異性関係も乱れているのだろうと思われがちだ。だが玲子は、三十の時に真剣な恋におちた三つ年上の医師と、十四年もたつというのに未だ変わらぬ関係を続けている。

その医師には、当然のことながら妻子がいるが、あまり家庭的にうまくいっている様子はない。医師は心底、玲子に惚れ、玲子を愛しているようで、生半可な婚外恋愛でないことだけは明らかである。玲子と共にいずれは東京から離れ、東北の無医村地区に移り住むのが夢だ、と聞けば、その微笑ましい男のロマンティシズムに多美も脱帽せざるを得ない。

多美とて、その種の古風な情熱に彩られた恋愛は嫌いではなかった。だが、現実に自分がそんな男と関わったら、いずれは面倒になって逃げ出したくなるに違いない、とも思う。

一切か無か、といった極限的な選択を強いられるのが、多美には苦手でならない。どれほど好きで、惚れていて、その男のことしか考えられず、その男と交わす性を思い出すだけで膝から力が抜け、立っていられなくなるような毎日を過ごしていても、ふいにその男に何の興味も抱かなくなる瞬間が訪れることを多美は誰よりもよく知っているのである。

個々人の情熱の行方は、理屈や観念や思想や倫理観などで左右できるものではない。常識も道徳も無力である。冷めてしまった……その厳然とした事実が、疑いようのない現実として残されるだけなのである。

玲子のようにはなれない、と多美はダイニングテーブルにしどけなく肘をつき、まどろむような目でぼんやりテレビを観ている妹を見ながら考える。十四年間もの長い間、意識のすべてを一人の男に占拠され、時に惑わされ、精神の安寧を乱されながら、それでも疲れずにいられること自体が、多美には信じられない。

何をするにも、一人の男を中心に考え、一人の男のために自分の都合を後にまわし、そうやって生きることに悦びを感じながら、それで一生を終える女もいるのだろう。だが、男からいっときも解放されないまま終える人生は、苦行でしかないのではないか。

「何見てるの」多美の視線に気づいた玲子が、掠れた声で聞いた。

「あんたを見てたの。偉いな、と思って」

「何が偉いのよ」

「先生に愛を貫いてるじゃない。それこそ一筋に」

玲子は呆れたように笑った。「何を言うかと思ったら。どうしたのよ、今ごろそんなこと言って」

「なんとなく、よ」

蒸すので少し開けておいた窓の外に、雨の音がし始めた。ぱらぱらと音をたてて軒先で砕けている。

「ねえ、秋になったら温泉に行かない？」多美は言った。「たまには女二人で」

「いいわね。どこの？」

「どこでもいいわ。あんまり人のいないところ」

「信州のどっかの温泉に、猿が来る温泉があるじゃない。あそこ、行ってみたかったの」

「先生と行ったんじゃなかった？」

「ううん、行こうとして結局、行けなくなっちゃったのよ。彼に緊急のオペが入っちゃって。覚えてない？」

「そうだったかしらね。あんた、この秋は休み、とれるの？」

「とれるはずよ」

「一泊だけじゃ寂しいから二泊しようか」

「そうしよう、そうしよう」と玲子は言い、うすやきせんべいの袋に手を伸ばして、四枚一度につまみ出してから、そのうち二枚を子供じみた仕草で、ひょいと多美に差し出した。

多美はそれを黙って受け取り、口に入れた。二人はそれぞれ、はりはりという音をたててうすやきせんべいを嚙み、何を喋るでもなく、テレビを観るともなしに観ながら、長い間、軒を叩くまっすぐな雨の音を聞いていた。


その後、市村からは何度か電話がかかってきた。

会うことを急にあっさりと断り続ければ、不審に思われ、執拗に理由を問われて、ついうっかり「もうこの関係を終わらせたいの」などと口をすべらせかねない。会って陰気な会話を交わすことだけは避けたかった。多美は細心の気を配りつつ、三度に一度の誘いは受け、肌を合わせることも拒否しなかった。

そのうち市村のほうでもさすがに多美の変化に気づいたらしい。六月が過ぎ、七月も過ぎようという頃になって、市村からの電話は間遠になり、八月に入った途端、連絡は完全に途絶えた。

正真正銘、暮らしの中に男の影がなくなってしまうと、寂しく思うのではないか、と案じたこともかつてはある。だが、今も昔も、多美は相変わらずいっこうに何の痛痒も感じない。

だからといって、せいせいした、というわけでもないのが不思議である。あえて例えるならば、途方もなく長い旅に出ていた人間が、或る日突然、家に戻り、自分の匂いがしみついた家具や小物に囲まれて再び元の暮らしを始めようとする時の気持ちと少し似ている。興奮とか感動といった、烈しい感情ではない。巣に帰った、としみじみ思う、そんな気持ちである。

市村が現れなくなってから、多美の意識も肉体も、文字通り、緩み始めた。

仕事が忙しくない時は、のんびり午睡を楽しむ。午睡というよりも惰眠である。午睡の後は、太腿もあらわになるショートパンツに肌を露出させたキャミソールだけの姿のまま、油蟬の声を耳にしながら、縁先に出した籐椅子の中で無心にカップアイスクリームを食べる。

仕事で外出する時は、以前と変わらぬ服装を心掛けたが、ひとたび汗だくになって帰宅すればもう、身体をしめつけてくる下着を脱ぎ捨てて、水のシャワーを浴びる。髪を濡らしたまま、着古したムウムウのようなものを着て、喉を鳴らしながら缶ビールを一気に飲む。

夕食の支度をするのが面倒になれば、迷わず店屋物を頼み、時には玲子と連れ立って小粋なビストロに行き、二人でワインを一壜あける。新しい服にはあまり興味がなくなり、デパートに寄っても、直行するのは地下の食料品売場になる。味覚が冴え、食欲が増し、甘いものを見れば手あたり次第に買いこんで、その晩のささやかな楽しみが増えたことが嬉しくてならなくなる。

生活は不規則になり、読みたい小説、観たい映画ビデオがあれば、平気で徹夜をする。美容院に行く回数は極端に減り、マニキュアもペディキュアも塗らなくなる。爪に何も塗らないでいれば、手足のマッサージなどにも興味がなくなり、風呂あがりにボディローションもつけなくなる。

速記の仕事で出かけたり、原稿を起こしたりする時だけは別だが、残った時間はすべて多美のものだった。好きな時に寝て、好きな時に食べ、好きな時にくつろぐ。肉体は多美一人のものになり、誰にも気兼ねする必要はなくなった。増え続ける贅肉も、顔にできたしみや小皺も、多美が黙って受け入れ、ありふれた自意識を捨てさえすれば、誰の目も怖くない。

自然のままに肉体は緩み、自然のままに意識は弛緩していく。そんな快適さに多美は溺れ、溺れるあまり、八月半ばになって石堂から「久しぶりに会おう」と誘われた時も、理由を考えて断ることすら面倒になってしまい、結局、応じることになったのだった。

一つには、石堂が待ち合わせに指定してきたのが、神田の蕎麦屋だったせいもある。しかも時刻は夕方の五時。真夏の太陽が大きく西に傾いた頃、客のいない静かな蕎麦屋の奥の、ひんやりとした小あがりで、蕎麦や天ぷら、小鉢料理を前にして、古い男友達とさしつさされつするのも悪くない、と多美は思った。

当日、多美が五時ちょうどに指定された蕎麦屋に出向くと、石堂はすでに来ており、小鉢を前に手酌で飲んでいるところだった。

「日本人ならではの粋な習慣よね」多美は挨拶抜きで言った。「お蕎麦屋さんで、いい年をした大人がお蕎麦をすすりながら、ひるどきでもない、夕食どきでもない時間にだらだらとお酒を飲む……」

「日本人に生まれてよかった、って思うだろ」

「ほんとね。着物でも着てくればよかったかな」

「そうだよ」

「今、草履がないの。三年くらい前だったかな、鼻緒が切れてそのまんま。めんどくさくってほったらかし」

「金がないわけじゃないんだから、鼻緒くらい、なんとかしろよ」

「まあね」

石堂が笑った。多美もつられて笑った。

すぐに天ぷらの盛り合わせが運ばれてきて、多美は石堂の酌を受けた。萩焼のぐい飲みで飲む酒は、ぬるく燗がつけられており、かえってそれが、暑さにうだる季節に似合っているような気がした。

「何ケ月ぶりになるかな」

「どうかしら。半年くらい？」

「確か、この前会ったのは正月明けだったから、半年以上だよ」

「そう。あっという間ね」

「多美、少し太った？」

「夏太りよ。夏痩せどころか、暑いと食欲増進するの」

「痩せてる多美よりもいいけどね」

「そう？」

「この年になって痩せるのはよくないんだぜ。癌とかさ」

「色気のないこと言うのね。恋わずらいで痩せてるかもしれないじゃない」

石堂は、ちらと多美を見て、そうだね、と妙に生真面目そうにうなずいた。

石堂は黒い麻のジャケットに、白い丸首Tシャツを着て、若々しく見えた。それは芸術家肌で年齢不詳の市村とはまったく違う種類の若々しさであり、中年を過ぎたらこうありたい、と誰もが望むような、男として文句のつけようのない、実にきれいな年の取り方をしている人の若々しさだった。

頭には白髪が増えており、品書きを見る時も、いちいち眼鏡をかけ替えなくてはいけないほど老眼も進んでいる様子だったが、若い頃とあまり変わらない、ほっそりとした体型を保っていて、顔に刻まれた皺も魅力の一つになっている。

市村は、ふだんわざと、青年が着るような安手のものしか身につけようとしなかったが、石堂は違う。着ているジャケットも、袖口から覗く腕時計も、小あがりの沓脱ぎ石の上に脱ぎ置かれた革靴も、相応の値段を連想させるものばかりである。多美にしてみれば市村のセンスのほうが上だと思うし、石堂を男として見たことがないからよくわからないが、石堂のような男を好む女もまた、多いのかもしれないと納得できる。

とりわけ若い娘の目に、石堂はどんなふうに映るのだろう、と多美は、海老の天ぷらを天つゆに浸しながら考えた。誘われれば、つきあってみてもかまわない、と思う娘もいるだろう。夢中になってしまう娘だって出てくるかもしれない。いてもちっとも不思議ではない。

女は基本的に関わる男の年齢を問わないところがある。年齢で男を決めないのは、いつなんどき、どんな男に恋をするか、女自身、よくわかっていないからである。老いていようが若かろうが、女の恋心はおしなべて魔物なのだ。

たいていのことを、方程式を解くように正確に緻密に、意識的に進ませていこうとする男と異なり、女は霧の中をこわごわ手さぐりしながらも、結局は、何かわけのわからない情動に突き動かされるようにして突っ走ってしまうのだ。男をふりまわそうなどと、思っているわけでは決してないのに、どうしようもなくそうなってしまう。これまでの自分をふりかえっても、多美にはなるほどそうだ、と思われるのである。

「あのさ」と石堂が言った。明るいうちから飲み始めているせいか、早くも顔が赤い。

「初めて言うけど、この秋にソウルに行くことに決まったんだ」

「旅行？」

「仕事だよ。しばらく滞在しなくちゃいけなくてさ。あっちにうちの音楽ホールを作る話が成立したんだ。もちろんうちだけじゃなく、共同出資なんだけどね」

「音楽ホール？　驚いた。そんな話、ちっとも教えてくれなかったじゃない」

「前々から企画は進行してたんだよ。頓挫してた時期もあったから、多美には教えてなかったけど」

「でもブラボーね。素敵な話じゃない。忙しくなるわね」

「うん。決めなくちゃいけないことが山のようにあってさ。頭が混乱してるよ。近いからちょくちょく帰って来られるにしても、しばらくは向こうに部屋を借りて独身生活だ。着工すればしたでまた大変だし、オープニングの直後はさらに大変だろうね。これからの人生、ソウルに年間契約で住むことになるかもしれない」

多美はうなずいた。足をくずして横座りになりながら、ぬる燗の酒を口にふくんだ。

「でもなんだか寂しいよ」

「寂しい？　どうして？」

「大がかりな仕事をソウルでやるのはいいさ。海外進出は昔から夢見てきたことだしね。楽しみだし、武者震いもする。でも……」そこまで言って、石堂はちらと多美を見た。

多美は慌てて目をそらした。

「ソウルか」多美は、見るともなしにぐい飲みを眺めながらつぶやいた。「誰もが行くような近場の外国だけど、私はまだなのよ。行ったことがない」

よく冷房の効いた小あがりの小窓から、橙色の西日が長く射しこんでいる。客は多美と石堂以外、誰もおらず、店内は静まり返っている。遥か遠くを車が行き交う気配があるが、くぐもったような音にしか聞こえない。

「一緒に来ないか」

ふいにそう言われ、多美は驚いて石堂を見つめた。

「一緒に、って私と？」

「うん」

「私があなたとソウルに？」

「そうだよ」

「奥さんに黙って？」

「まあな」

「やれやれね」多美は呆れたように天を仰いでみせた。「悪いこと言わないわ。どうせ連れて行くんなら、こんなおばさんじゃなくて、若い娘を連れて行くべきよ。絵になるから」

「絵になんかならなくたっていい」

「趣味が悪すぎるわよ。だいたいね、男盛りの紳士がよ、妻に黙ってソウルに連れて行こうとする、その相手が四十九のおばさんだなんて。ちゃんちゃらおかしい」

「何が悪い」

「え？」

「何が悪い、って聞いてるんだ。僕が誘ってるのはね、四十九のおばさんじゃない。多美なんだ」

話の方向が大きくそれ始めたのがわかった。多美は気づかないふりをして、小さく笑ってみせた。「そんなに怖い顔しなくたっていいじゃない。どうしたのよ、いったい。今日はカラミ酒？　さ、いいから飲みましょ。とことんつきあうから」

多美はからかうように徳利を掲げて石堂に差し出したが、彼はそれを受けようとしなかった。

「抑えてきたよ」あぐらをかいて座卓に向かい、背を丸めてうつむいたまま、ぽつりと石堂が言った。「多美に対する気持ち、抑えてきた。何十年も。これからも抑えるつもりでいる。悪かった。つまらないことを言ったよ。二度と言わない。忘れてくれ」

宙に浮いたままになった徳利を静かにおろし、多美はそれを座卓に戻した。店の近くを大型トラックが通過した。地鳴りのような音と共に、建物が小刻みに揺れ始め、それはまもなく静まった。

多美はじっと石堂を見ていた。石堂は顔を上げたが、多美のほうには視線を向けず、何事もなかったように箸を動かして、小鉢の中のものを平らげた。

鬱陶しい、と思う気持ちは何ひとつなく、それどころか、なじみのある、あのかすかにあわ立つような気持ちに襲われた。石堂に対して、そんな気持ちを抱いたのは生まれて初めてのことだった。

多美は慌てて笑顔を作り、ふざけた仕草で小あがりを這うようにしながら外に向かって顔を出すなり、「ここ、そろそろお蕎麦二つ、お願いしますねぇ」と澄んだ声を張り上げた。

それから一週間ほどたってから、多美あてに荷物が届けられた。大きな箱には、聖高原の桃、と印刷されている。発送人は石堂で、箱の蓋の部分に封書がテープで貼りつけられていた。

中にはレポート用紙が一枚だけ。桃の発送手続きの際、店先で走り書きでもしたのか、いくらか乱暴な文字で、「今、女房と下の子を連れて、久しぶりに田舎に戻ってます。食べごろの桃を送ります」と書かれてある。

石堂の郷里が長野であったことを多美は思い出した。思い出したと言うよりも、覚えていなかったと言ったほうがいい。石堂と友達づきあいをしながら、彼の郷里の話などこれまで聞いたことがあっただろうか、と思い返しながら、多美は箱を開けた。

大ぶりの、つややかに熟れた桃が整然と並んで現れた。甘い果実の香りがたちのぼった。まるでそれを待っていたかのように、庭先で油蟬が威勢よく鳴き出した。

石堂の文字は見慣れた文字である。これまで何度となく葉書や手紙をもらった。男にしては小さめの、ころころとしてはいるが繊細な感じのする文字である。石堂の性格がよく表れていて、字を見ただけで多美はもう、石堂がそこにいるような錯覚を覚えてしまう。

静かな夏の午後だった。玲子は夜にならないと帰らない。遥か遠くでかすかに雷鳴の音がしている。それでも多美の住んでいる郊外の家は日盛りの、草いきれのするような暑い光の中にある。

庭は手狭だが、無数の木々が植えられている。庭を造った大家の趣味はかなりよく、多美は冬になると実を結ぶ南天や、夏に鬱蒼と枝を伸ばす椎の木越しに、木もれ日がレース編みを透かした光のようにちろちろと蠢いているのを満足して眺める。

市村からはもう何も言ってこなくなった。会わなくなってまだ、一と月足らずだというのに、多美にはもはや、市村という男が遠い記憶の中に佇んでいるようにしか感じられない。ソウルの話をされて、一瞬、気持ちが動かされた石堂のことも、あの晩、家に帰るなり思い出さなくなった。

多美は今、心底、平静でいる。それはもう二度と、枠からはみ出すことがないであろう平静さである。

自分の中の小鳥はもう歌わないだろう、と多美は思う。小鳥は恋の詩を紡ぐこともなく、恋の嵐に見舞われることもなくなった。無軌道きわまりない、炎のような祭りももう、多美の中で開かれはしない。

根拠など何もないというのに、多美はそう決めつけて満足する。自分が安定した幸福な老後を迎えているかのようである。年齢にかかわらず、老後というのは、こういうことなのか、とも考える。

石堂が送ってくれた桃に手を伸ばし、多美は鼻を近づけて、その匂いを嗅ぐ。少女の頬のような産毛に被われた桃である。触れただけで指先が果肉にめりこむ。さぞや果汁をたっぷりとふくんでいるのだろう、と思うと、生唾がわいてくる。

多美は縁先に移動し、素足を縁側にぶらぶらさせたまま、桃の皮を剝き、西瓜にでもかぶりつくようにして頑丈な前歯をたてた。果肉の香りにうっとりし、たらたらとしとどにこぼれ落ちる果汁に、顎ばかりか頰や鼻まで濡らしながら、多美は寝てもいない、寝るつもりもなかった、そして一生寝ることもないであろう石堂という男について、束の間、ロマンティックな想像をめぐらせた。

果汁に濡れそぼった人さし指と中指とを口にふくみ、舐めとりながら、多美は目を細め、庭の隅々を見渡した。小さなくしゃみが一つ出た。

油蟬の声がたちまちその音をかき消して、今、多美は無心に、何も考えずに桃をしゃぶり続けている。

解説

篠田節子

Ｒ15とか18禁という規制が映画にあるなら、この短編集をＲ35とするのはいかがだろうか。本当はＲ40としたいところだが、大人びた女性のために、一応30歳以上読解可能の書、としておこう。それでも読みたいという若いお方には、つま先立って、そっと覗いてみていただくことにしよう。

泣ける、共感する、元気をもらう……。それを小説に期待するのが間違いだ、とは言わない。しかし極めて初歩的な楽しみ方だ。流行の純愛を期待するなら、「冬のソナタ」を見ながら、世界の中心で愛でも叫んでいればよい。

「このヒロイン、もう少し前向きに生きられないの？」「相手（男）の家庭のことを考えないの？」と言い出す方々は、まさか小池真理子の読者にはいないだろう。

アンニュイで破滅的で不道徳……。切れ味の良いミステリから出発し、ずいぶん早い時期に、ホラーを大人の鑑賞に堪えるものにレベルアップさせ、現在、大人の男女を主人公に据えていくつもの官能的な小説（官能小説ではない、念のため）を書いている小池真理子の行き着いたところは、単なる「大人の恋物語」ではない。

一筋縄でいかぬ男女の関わり、人生の複雑なニュアンスを、一見、エレガントに、しかしここまで冷酷に描ききっていく作家を私は知らない。

「月を見に行く」から「無心な果実」まで、どの作品からも死の匂いが、なんとも蠱惑的に立ち上っている。

「四十から五十にかけてはね、別に死んでもいいと思うのよ。自分の命になんかぜんぜん執着がなくなってね、もういいと思うの」と、三十になったばかりの私にささやいた年上の友人がいる。彼女は癌を放置することで、まさにその年代に死に損なっている。

子供はいる、老親はいる、仕事の責任は重い。そんな年代の女が、自分はもう死んでもいいなどと考えるはずがない。しかも町なかを闊歩している、あのたくましく図々しいオバハンたちが。若い方々や男性はそう思うかもしれない。

しかしそれが事実であることを私は最近、実感している。鬱とか、疲れたとかいうのではない。まさに「天の刻」の主人公のように、不快なこと、不条理なこと、そして自らの死までも、格別、動じることもなく、当然のこととして受け入れてしまいそうになる。フルコースの食事の最後にエスプレッソを出され、これで晩餐は終わりと知らされたとき、ナプキンを膝の上から外して「ごちそうさま」と立ち上がる。あの感覚だ。ひょっとすると危ないかもしれないが、命に関わる、と決まったわけではない。「天の刻」の女主人公蕗子が罹ったのは、そんな病気だ。手術に際して叔母も恋人（というより情人という言葉がふさわしいかもしれない）も底抜けの善意と愛情をもって接してくれる。一方、蕗子が自分の人生を振り返り、命を見つめる視線は、しんと静まりかえっている。愛人の死を意識することによって、高揚し、過剰に感傷的になっている男の心境と鮮やかな対照を見せていて印象的だ。この温度差は、実は、去っていく者とこの世に置き去りにされる者の立場の違いによるものではない。

やがて全身麻酔によって訪れた、無意識の闇の底から浮かび上がってきたのは……。四十代後半の女の心情に踏み込んだ、あまりにリアルな結末に、思わず背筋が寒くなった。

ちなみに年上の我が友人の言葉の続きをここに記しておこう。

「六十代に入るとね、こんどは命に執着し始めるのよ。どうなったって、長生きしたいって思うのよ。そのまま年を経るごとに生にしがみつくことになるの」

小池真理子は六十の声を聞いたとき、どんな作品を書くのだろう。

さて、小説に限らず、大人の恋、不倫の恋を題材にしたとき、圧倒的に中年男性と比較的若い女性（三十代後半くらいまで）、あるいは比較的年齢のいった女性と青年、という取り合わせが多い。双方とも四十代以上、特に女性が四十代後半という作品は少ないように思う。かりにその年代の女性の恋が描かれているにせよ、人生のニュアンスにはほど遠い、一途で可憐な「心は少女」おばさんが登場し、切ない心情など披露されたりして、思わずのけぞる。

そういう意味では、小池真理子は、観念的に描かれることの多かった大人の女の身体と精神の有り様を、紋切り型表現を排し、性をからめて描ける数少ない作家であろう。

と同時に、恋の場面における中年男性を、これまた冷徹に描き出せる作家でもある。「蠟燭亭」に登場する詩人、「堕ちていく」で友人の妻と関係を持つ園芸家、「天の刻」の劇作家、さらに最近、上梓した長編「瑠璃の海」に登場する娘をバス事故で失った小説家。

どれもこれも、女と語り合う男たちである。そして酒や食べ物の味わい方を知っている男たちでもある（小池真理子の小説には、食べ物の描写が多く、それがどれもおいしそうであるにもかかわらずグルメ番組的な品の悪さはなく、極めてセクシーだ）。

歳の離れた若い女とつき合っているとき、多くの男性にとって、女性との語り合いも、食事も、性交に至る手続きの一つに過ぎないのではないかと思う。

しかし否応なく身体的な衰えを意識させられ、それまで築いたものの虚しさを知り、軽い寂寥感を抱えた男が、同年代の女と関わり合うとき、彼らは救いがたくロマンティックになっていく。

生きてきた時代の空気と文化、性と情緒、諸々のものを共有しながら、女に向ける視線は微妙な色合いを帯び、ときには濃厚な死の匂いさえ立ち上らせていく。

一方で、女の側の覚醒ぶりはどうだろう。「冷めてしまった……その厳然とした事実が、疑いようのない現実として残されるだけ」と、「無心な果実」のヒロインは男に抱かれながら、早くこんなことを終えて枇杷を食べたい、と思う。彼女は男との間に別れ話を切り出すようなことはせずに、関係を自然消滅させようとする。

青春真っ盛りのお嬢ちゃんや生真面目な主婦なら、不誠実だと怒り出すかもしれない。が、そもそも誠実さは、結婚し家庭生活を営む上で必要な物であって、恋愛感情それ自体は自然消滅するものだ。そのときに、彼女は思う。「一度は男と女の関係になった相手と、この一瞬を境にして赤の他人同士に戻ろう、とすることが、なんだか浅ましいことのような気がしてしまう」

特定の男への思いが冷めた後、彼女のエロスの対象はみずみずしい果物へと移り、性から食へと欲望は転換する。認めたくはないが、性愛の本質をついた展開だ。

配偶者がいる者同士の恋愛を扱った作品、「堕ちていく」の「堕ちて」から関係消滅に至る過程はリアルだ。夫の友人と関係を持った挙げ句に、女は妊娠。そのことを打ち明けたときの男の態度と言葉は意表をつく。それに対し主人公は何を思うか……。

凡庸なダブル不倫小説やドラマの作り手では想像もつかないやりとりであり、心理描写である。

場数、踏んでるなぁ、真理子姉さん……ではない。人の心の微妙さと人生の深い味わいを知り尽くした上で、それを表現しえた作家的手腕の賜（たまもの）だろう。「襞のまどろみ」は、私の理解を超えた、途方もない性の深淵をかいま見せてくれた作品だった。

老いた巨大な象のような、容貌怪異な男、過去に優れた作品を残し、すでに終わってしまった作家（この設定自体がかなり残酷だ）、ヒロインはそんな男に出会い惹かれていく。ストーリーを聞けば、男のロマンティズムから書かれた、愛と献身と再生をテーマにした底の浅い純愛小説が思い浮かぶかもしれないが、そうはならない。「襞のまどろみ」のヒロインである眠たい女、多恵は、この男の荒廃した魂と醜怪な身体そのものに、引き付けられていく。彼女の感性を通して見たとき、濡れたシャツの下に「脂肪をたっぷり湛えてたるんだ肌が透けて見えた。たるんではいたが、それは成熟しきって崩れかけた男の、何やら熟して匂い立ちそうな性の気配」を漂わせる。

鳥肌立つような描写だ。吐き気とともにこちらの官能を刺激してやまない。「好きだ、とか、愛している、とか、惚れる、などという表現が、稚気に等しい言葉のように感じられた。肉が肉によって飲みこまれる時の感覚以外、男と女の、雄と雌の、命と命の睦み合いはないようにも思えた」

共感などできるはずはない。共感できないまま、その両端を生と死に直結させた性愛というものの奥深さ、男女の関わりの不可解さを思い、粛然として立ちすくみ、自らの未熟さを思うだけである。

（作家）

初出誌

月を見に行く　オール讀物一九九八年十二月号
蠟燭亭　オール讀物一九九九年三月号
天の刻　オール讀物一九九九年六月号
鬘のまどろみ　オール讀物一九九九年十月号
堕ちていく　オール讀物二〇〇〇年二月号
無心な果実　オール讀物二〇〇〇年六月号
（「情熱の法則」を改題）

単行本　二〇〇一年三月　文藝春秋刊

文春文庫

てん　とき
天の刻

定価はカバーに
表示してあります

2004年6月10日　第1刷

こいけまりこ
著　者　小池真理子
発行者　庄野音比古
発行所　株式会社 文藝春秋
東京都千代田区紀尾井町 3-23　〒102-8008
TEL 03・3265・1211
文藝春秋ホームページ　http://www.bunshun.co.jp
文春ウェブ文庫　http://www.bunshunplaza.com
落丁、乱丁本は、お手数ですが小社営業部宛お送り下さい。送料小社負担でお取替致します。

印刷・凸版印刷　製本・加藤製本

Printed in Japan
ISBN4-16-754202-1

エンタテインメント

（　）内は解説者。品切の節はご容赦下さい。

桐野夏生
ファイアボール・ブルース

女にも荒ぶる魂がある。闘いたい本能がある。「ファイアボール」と呼ばれる女子プロレスラー・火渡抄子と付き人の近田がプロレス界に渦巻く陰謀に立ち向かう長篇ミステリー。（鷺沢萠）

き-19-1

桐野夏生
水の眠り　灰の夢

昭和三十八年、連続爆弾魔草加次郎を追う記者・村野に女子高生殺しの嫌疑が。高度成長期を駆け抜ける激動の東京を舞台に、トップ屋の執念が追いつめたおぞましい真実。（井家上隆幸）

き-19-2

桐野夏生
錆びる心

劇作家にファンレターを送り続ける生物教師。十年間堪え忍んだ夫との生活を捨て家政婦になった主婦。出口を塞がれた感情はいつしか狂気と幻へ。魂の孤独を抉る小説集。（中条省平）

き-19-3

桐野夏生
ファイアボール・ブルース2

女子プロレス界きっての強者・火渡。彼女に憧れ、付き人になった近田。同期の活躍を前に限界を感じる近田のケジメのつけ方とは。人気シリーズの連作短篇を集めた文庫オリジナル。

き-19-4

桐野夏生
光源

誰よりも強く光りたい。元アイドルの女優の出現で映画撮影の現場は大混乱。金、名声、意地、義理、裏切り。我執を競い破綻に向かう、世にも身勝手な奴らの逆プロジェクトX。（佐々木敦）

き-19-5

黒岩重吾
炎は若い

出張先で偶然知りあった能面のように冷たい美貌の人妻。彼女に惹かれた毛利は、やがてそこに、激しい競争をする電機業界の黒いカラクリが重なりあうことを知ったが……。（武蔵野次郎）

く-1-11

文春文庫

エンタテインメント

（　）内は解説者。品切の節はご容赦下さい。

黒岩重吾
華やかな亀裂（上下）
一流会社の平凡なＯＬが知ったもうひとつの世界で、彼女は自分の中のもうひとりの自分をみつけた。ネオンと男たちに囲まれた彼女の心の亀裂。現代の女の性を鋭くとらえた傑作長篇。
く-1-15

黒岩重吾
斑鳩宮始末記
調首子麻呂は百済からの渡来系調氏の子孫。廐戸皇太子（聖徳太子）の命を受け、秦造河勝らと奈良の都の犯罪捜査にのり出す。古代ロマン・エンターテインメントの決定版！（重里徹也）
く-1-35

黒岩重吾
ワカタケル大王（上下）
五世紀後半の倭国を舞台に、武力と情報戦略をもって反対勢力の豪族らを滅ぼし、中央集権国家を築いた英雄ワカタケル大王の波乱の生涯を描く黒岩古代史ロマン文学の傑作。（重里徹也）
く-1-36

小林信彦
裏表忠臣蔵
ひょんなことから上杉家のスパイに仕立て上げられた和菓子屋の息子が、赤穂や京で体験した奇想天外な出来事。パロディの名手が透徹した目でとらえた忠臣蔵の〝真実〟！（扇田昭彦）
こ-6-7

幸田真音
傷
邦銀崩壊（上下）
先送りされる不正、闇に膨らむ巨額の損失。恋人の死をきっかけに彼の勤め先の邦銀の調査をすすめる州波は、驚愕の真相を摑んだが……。元外資系ディーラーが描く迫真の金融サスペンス。
こ-25-1

小池真理子
ひるの幻　よるの夢
老作家の許で密かな妄想を紡ぐ秘書、年下の青年の「手」に惹かれる中年女性……。エロスにはさまざまな形がある。禁色のエロティシズムを描いた妖しく艶めかしい六篇。（張競）
こ-29-1

文春文庫

エンタテインメント

（　）内は解説者。品切の節はご容赦下さい。

団塊の世代　堺屋太一
戦後のベビーブームに生をうけ、膨らんだ人口のままに数々の流行と需要をつくり、過当競争と過剰設備を残したこの世代が年老いた時は？　日本民族の戦慄の未来。（竹内宏）
さ-1-3

一発屋大六　城山三郎
ある日、一千万円が紛失し、うだつのあがらぬ銀行員・今田大六に疑いが。退職に追い込まれた彼の人生は一人のカリスマ相場師との出会いで変わっていく。著者異色の風刺小説。（小川和佑）
し-2-26

内気な拾得者　北東西南推理館2　佐野洋
「ホテルであなたの免許証を拾った者です」。突然の電話に怯える男が受けた奇妙な申し出……。表題作ほか「偽装血腫」「不吉な名前」など全九篇。人気シリーズ第二弾！（小日向悠）
さ-3-24

語り手の事情　酒見賢一
ヴィクトリア朝の英国。性妄想を抱いた紳士だけが招待される謎の屋敷で、日ごと夜ごと繰り広げられる奇怪な性の饗宴。鬼才が本領を発揮した怪作登場！（佐藤亜紀）
さ-34-1

周公旦　酒見賢一
太公望と並ぶ周の功労者で、孔子が夢にまで見たという至高の聖人周公旦。弱肉強食の権力闘争から古礼、巫術の魔力まで、古代中国のロマンがいま甦る。新田次郎文学賞受賞。（末國善己）
さ-34-2

バールのようなもの　清水義範
ニュースでよく耳にする〝バールのようなもの〟って何だろう？テッテー的に追究してみた表題作、「秘密倶楽部」「役者語り」「山から都へ来た将軍」「新聞小説」他七篇収録。（香山二三郎）
し-27-6

（　）内は解説者。品切の節はご容赦下さい。

夏の災厄
篠田節子

東京郊外のニュータウンで日本脳炎発生。撲滅されたはずの伝染病が今頃なぜ？　後手に回る行政と浮び上がる都市生活の脆さを描き日本の危機管理を問うパニック小説の傑作。（瀬名秀明）

し-32-1

カノン
篠田節子

学生時代の恋人が自殺する直前に演奏したバッハのカノン。そのテープを手にした日から、瑞穂の周囲で奇怪な現象が起き始める。音楽を軸に紡がれる異色ホラー長篇。（青柳いづみこ）

し-32-2

死神
篠田節子

この世に弱い人間などいるのだろうか。ケースワーカーが遭遇する事件を通し、現代人の心の闇と強かな生命力を描く。表題作他「失われた二本の指へ」「緋の襦袢」等全八篇。（岡田幸四郎）

し-32-3

ハルモニア
篠田節子

脳に障害をもつ由希が奏でる超人的なチェロの調べ。それに魂を吹き込もうと指導する東野の周りで不可解な事件が相次ぐ。天上の音楽を目指す二人の行き着く果ては……。（石堂藍）

し-32-4

レクイエム
篠田節子

「腕を一本、芋の根元に埋めてくれ」。大教団幹部の伯父から託された奇妙な遺言。謎の答えは遠い異国の大自然にあった。現代人の抱える闇がみせる、別の世界への六つの扉。（大倉貴之）

し-32-5

ゴサインタン　神の座
篠田節子

ネパールから来た嫁、次々と起きる奇怪な出来事。失踪した嫁を探し辿り着く神の山ゴサインタン。現代人の漠とした不安と奇跡的な魂の再生を描く山本周五郎賞受賞作。（吉野仁）

し-32-6

文春文庫

エンタテインメント

（　）内は解説者。品切の節はご容赦下さい。

紫のアリス
柴田よしき
夜の公園で死体と「不思議の国のアリス」のウサギを見た紗季。その日から紗季に奇妙なメッセージが送られてくる。恐怖に脅える紗季を待ち受けていたのは？　傑作サスペンス。（西澤保彦）
し-34-1

ラスト・レース　1986冬物語
柴田よしき
二人の男にレイプされ、奇妙ななりゆきでその一人と同居する羽目になった秋穂。バブルに狂騒する世の中においてきぼりをくってしまった不器用な男女の不思議な恋物語。（島村洋子）
し-34-2

Miss You
柴田よしき
誰かがあたしを憎んでる——。有美は26歳、文芸編集者。仕事も恋も順調な毎日が同僚の惨殺で大きく狂い始める。平凡なヒロインが翻弄される、ノンストップミステリー。（岩井志麻子）
し-34-3

象牙色の眠り
柴田よしき
京都の邸宅街で富豪の家族におきた殺人。屋敷に住むのは美貌の未亡人と息子、前妻の残した長男と長女、二人の家政婦。彼らの秘密が明らかになると……長篇サスペンス。（法月綸太郎）
し-34-4

トライアル
真保裕一
ゴールを見つめ、彼らはひた走る。競輪、競艇、オートレース、競馬。四つの世界に賭けるプロの矜持と哀歓を描く「逆風」「午後の引き波」「最終確定」「流れ星の夢」を収録。（朝山実）
し-35-1

カットグラス
白川道
高校時代の同級生三人の友情と一人の女性への愛を描いた「カットグラス」など全五篇を収録。主人公はいずれも四、五十代の男たち。人生の哀切が静かに胸に迫る珠玉短篇集。（小松成美）
し-36-1

文春文庫

エンタテインメント

（　）内は解説者。品切の節はご容赦下さい。

地を這う虫
高村薫

——人生の大きさは悔しさの大きさで計るんだ。夜警、サラ金とりたて業、代議士のお抱え運転手……。栄光とは無縁に生きる男たちの敗れざるブルース。「愁訴の花」「父が来た道」等四篇。

た-39-1

笑い絵
出久根達郎

進め満洲へ！　時代と庶民の化かし合いの結末は!?——紙芝居屋に、笑い絵（春画）を描けと依頼した主は誰なのか。豊富な資料を駆使しながら、独特の語り口で描く傑作大活劇小説！

て-5-4

熟れてゆく夏
藤堂志津子

ホテルで女主人の到着を待つ若い男女。その背後に潜むエゴイズム、孤独感を澄明な文体で彫琢、愛と性のかかわりをさぐり直木賞に輝く優品。「鳥、とんだ」『三月の兎』を併録。（植田康夫）

と-11-1

恋人よ
藤堂志津子

去りゆく男と待つ女。愛人生活に疲れた娘とゲイバーの青年など、様々な愛の行方を鮮やかに捉えた芳醇なロマン。「ありふれた夜に」「緑光るとき」「水にゆらめく」を収める。（東村有三）

と-11-2

女と男の肩書（上下）
藤堂志津子

札幌の銀行に勤める塚本慶子は二十九歳で独身。仕事は有能で上司の信頼は厚く、部下からは慕われる。が不倫に巻き込まれ、会社から社内スパイを要請されたから、さあ大変。（植田康夫）

と-11-3

聖なる湖
藤堂志津子

初夏の休日。年下の愛人と向かう郊外の町には前夫が住んでいた。自立した女性の愛と性の深奥を見つめる表題作他、「琥珀」「もう一人のあなた」など未踏の恋を描く魅惑の八篇。（園田恵子）

と-11-6

エンタテインメント

（　）内は解説者。品切の節はご容赦下さい。

兄弟
なかにし礼
十六年間絶縁状態だった兄が死んだ。その報せを聞いた作詞家の弟の胸中に、破滅的な生涯を送った兄の姿がよみがえる。ビートたけし主演でドラマ化もされた直木賞作家の自伝的傑作。
な-25-2

永遠も半ばを過ぎて
中島らも
ユーレイが小説を書いた？　三流詐欺師が写植技師と組み出版社に持ち込んだ謎の原稿。名作の誕生だ。これが文壇の大事件となって……。輪舞する喜劇。痛快らもワールド！（山内圭哉）
な-35-1

富士山頂
新田次郎
富士山頂に気象レーダーを建設するという大事業を軸に、それにまつわる錯綜した動きを追って現代社会のひろがりを捉え、さらに、山岳小説の興趣を深めた長篇。（尾崎秀樹）
に-1-1

芙蓉の人
新田次郎
天気予報を正確にするには、富士山頂に観測所が必要だ、との信念に燃えて厳冬の山頂にこもる野中到と、命を賭けて夫と行をともにした夫人の行動と心情を感動的に描く。（山本健吉）
に-1-6

槍ヶ岳開山
新田次郎
ハイカーの人気を集める槍ヶ岳は百五十年前に初登攀されている。妻殺しの呵責に苦しみながら、ひたすら未踏の道をひらいた播隆上人の苦闘を綿密な取材によって描く。（武蔵野次郎）
に-1-10

劒岳〈点の記〉
新田次郎
日露戦争直後、人跡未踏といわれた北アルプス立山連峰の劒岳山頂に三角点埋設の命を受けた測量官・柴崎芳太郎。困難を乗り越えて山頂に挑んだ苦闘の軌跡を描く山岳小説。（瓜生卓造）
に-1-23